Strade blu

Andrea G. Pinketts

L'ULTIMO
DEI NEURONI

MONDADORI

Dello stesso autore
in edizione Mondadori

Il conto dell'ultima cena
L'assenza dell'assenzio
Il dente del pregiudizio
Fuggevole Turchese
Sangue di yogurt
Nonostante Clizia

Suffolk County Council		
Bright Books		08/05

www.pinketts.it

www.librimondadori.it

ISBN 88-04-54703-0

L'ultimo dei Neuroni

Per Dirk,
del saloon di Laigueglia
che è stato
il Penultimo dei Neuroni
e mi ha lasciato
oltre a un'immortale amicizia
una grossa responsabilità
il cui nome indiano
è traducibile in:
"Gatta da pelare".

Arrivo tardi: sono l'Ultimo dei Neuroni. L'ultimo ad arrivare a una festa perché è inelegante presentarsi a una cena quando la padrona di casa non ha ancora finito di spignattare il commestibile o di truccarsi come una bella di giorno. In versione serale. Per rendersi più appetibile.

No io arrivo tardi, quando quei barbari dalle giacche blu si sono già spazzolati tutto il buffet e la donna bianca, che ha ecceduto con l'acqua di fuoco non vede l'ora di farsi definitivamente sbavare via il rossetto da un buon selvaggio.

Arrivo tardi, nella speranza che il genocidio di quelli della mia razza sia già stato consumato dagli ospiti della cena e nessuno avverta la necessità di farmi la festa.

Noi Neuroni siamo i pellerossa del cervello. Non so se ho reso l'idea. Voltaire diceva: "Cos'è un'idea? ... un'immagine che si dipinge nel mio cervello".

Parlava del suo, appunto. Il mio è dipinto coi colori di guerra. Ci trovavamo molto bene nelle praterie del cervello.

"Liberi e belli" come shampoo con tante sciampiste innamorate pronte a darci una lavata di capo... ma affettuosamente.

Poi arrivarono loro a contaminarci col progresso. La mo-

rigeratezza dei costumi. La religione. La politica. Le leggi antifumo.

Ora applicando la legge antifumo ci hanno impedito di fumare il calumet della pace. Di conseguenza è scoppiata la guerra. Una guerra psicologica. Una guerra di nervi. Così, noi che godevamo di ottima salute mentale, siamo stati costretti ad andare dal neurologo. Tutta colpa loro. Loro chi? Le giacche blu, gli yes man in blazer d'ordinanza. I lunghi coltelli che con la loro notte dei lunghi curriculum hanno umiliato la nostra serena disoccupazione.

Non mi sto piangendo addosso come se fossi l'ultimo dei Moicani. Sono l'ultimo dei neuroni e so quel che dico. Anche gli Uroni, i nostri cugini hanno fatto una brutta fine.

Già all'inizio del XVII secolo con l'arrivo dell'uomo bianco le famiglie urone sono state decimate da malattie a loro sconosciute. Per non parlare della calata degli uomini neri.

No non sto parlando degli afroamericani. (Nessun Neurone e nessun Urone è stato così coglione da iscriversi al Ku Klux Klan).

Gli uomini neri sono i missionari. Gli "uomini dalle grandi vesti nere", i gesuiti che propagando una nuova fede seminarono discordia, zizzania e un marketing di anime in contrapposizione a un gioioso animismo.

Tra giacche blu, uomini bianchi e uomini neri ce ne hanno fatte passare di tutti i colori. Anche coi rossi non è andata meglio, quei grandissimi paraculi degli Irochesi, approfittando dell'indebolimento dei nostri cugini uroni, li hanno soppiantati nel commercio delle pellicce. Roba da mettersi le mani nei capelli.

A proposito il nome Uroni deriva dal francese Hure che definiva la capigliatura maschile: una banda di capelli ritti in centro alla testa sul resto del cranio rasato.

Noi Neuroni, invece, siamo sempre stai all'interno del cranio. Eravamo organizzatissimi e vivevamo in assoluta armonia. Cellule nervose che mandavano messaggi, la nostra versione dei segnali di fumo diramandoci e tramandandoci attraverso un assone e numerosi dendriti.

L'assone ci serviva, egregiamente, per mandare messaggi ad altre cellule. I dendriti, al contrario, trasmettevano al nostro corpo cellulare i segnali nervosi provenienti dalle altre cellule con cui eravamo posti in contatto.

Se non mi sono spiegato andate al diavolo non prima di aver letto The science of the mind *di O.J. Junior Flanagan edito dal The* MIT *Press, Cambridge. Mass. 1991. È ancora più oscuro di me. Ma sicuramente meno oscuro del mio futuro.*

Ormai mi limito ad arrivare tardi alle feste. Ma ricordo benissimo con infinita nostalgia i bei tempi andati in cui noi Neuroni ci riunivamo intorno al fuoco. Come cowboy. O come insopportabili teenager americani in procinto di farsi massacrare dal serial killer di Crystal Lake in un horror di serie B.

Ci raccontavamo storie della nostra gente. Storie di brividi e risate. Leggende poco urbane, di cui eravamo fierissimi che ci fosse di che essere poco fieri.

Ve le voglio riproporre perché non vadano perdute. Esiste un motivo per cui esisteva la tradizione di tramandare oralmente le leggende. Il fuoco era quello che era, col buio che c'era intorno, se uno avesse provato a leggerle non avrebbe visto un cacchio. Né un calumet.

Don Don nel paese dei campanelli

Fiamma disse a Don Don: «Mio padre mi tocca».
"Urca!" pensò Don Don dicendo: «È disdicevole».
Don Don era un sacerdote alla mano, che allungava più che volentieri, purtroppo per lui poco sovente, le belle manone da contadino sulle parrocchiane. Gli era spesso difficile a causa di quella prigione di legno, nota come confessionale. Anche volendo aggrapparsi alle zinne delle peccatrici, sarebbe stato costretto a sfondare il confessionale. E non avete idea di quanto costi un confessionale. Troppo per un maniaco sessuale in servizio attivo e al servizio di Dio, anche considerando l'ipotesi di saccheggiare le cassette delle elemosine e di celebrare ogni quindici minuti una messa a pagamento in suffragio per il naufragio di un voto di castità.

Don Don era sempre stato un cristone d'uomo. Un metro e novanta. A occhio e segno della croce.
I suoi lo avevano chiamato Donato considerando quel bambinone erculeo come un pacco regalo dell'onnipotente. Il regalo, nelle loro aspirazioni contadinesche, una volta scartato avrebbe dovuto consi-

stere in una vanga, un trattore e quel tanto di concime sufficiente a farlo definire "un uomo di merda".

Non volevano un bambino, volevano un contadino.

Ci si erano messi d'impegno dandoci dentro in scopate ai limiti dello sfiancamento, foraggiate da un'alimentazione pesante ma rigorosamente campestre. Avevano scopato tra il grano, il granaio, il porcile, pregando persino lo Spirito Santo dei villici, un tale che non sarebbe mai stato invitato allo Sporting Club di Montecarlo ma il cui seme era fertile per l'agricoltura umana.

Quegli ignorantoni dei genitori di Donato pur ignorando cosa fosse l'ingegneria genetica avevano, in qualche misura, il progetto di procreare il golem del proprio orticello, una specie di infaticabile bestia da soma che garantisse loro una serena vecchiaia sgobbando come un mulo sulla terra quasi arida del terzo millennio. Santa ignoranza, madre di tutti i luoghi comuni e zia dei campi di concentramento di legumi fece da madrina alla nascita.

I genitori egoisti mandavano al diavolo il raccolto del loro presente per accoppiarsi ininterrottamente in modo bucolico, agreste per raccogliere il frutto di un robot dei campi.

Loro in camporella e il futuro erede di nulla, in campo.

Si aspettavano un fesso come ogni lavoratore indefesso.

Ogni genitore, in ultima analisi, si sacrifica per la propria creatura. I coniugi Berresi di Castelultrano (Trapani), scopavano come ricci sacrificando tempo all'uliveto perché il nascituro diventasse la macchina umana da olive. L'"unto" dall'olio d'oliva, nel quale avrebbero sguazzato in modo parassitario, un po' come il cattolicesimo nei confronti del lavoro di Cristo. Il progetto selinuntino. Fallì miseramente come miserabili erano i suoi "progettisti".

Donato nacque olivastro come un'oliva. Ma a lui degli uliveti non gliene fregava un cristo. A lui gli piacevano le donne.

Progetto selinunto: fallito

Selinunto Selinunto
sei nato e son defunto.
Perché per troppe olive
restando sul chi vive,
io vado a letto presto
di giorno son molesto.

Selinunto Selinunto
vivendo qui in campagna
mi manca un po' la fregna
e ciò che mi è dovunto
Progetto Selinunto.

Se penso ai genitori
che amavano i trattori
io sono un po' evolunto
progetto Selinunto.

Progetto Selinunto
ormai sono disgiunto
l'oliva non mi coglie
però ciò le mie voglie.

Mi sono fatto prete
ma credo solo a rate.
È proprio questo il punto
progetto Selinunto.

(*Ballata di anonimo veneziano – che aveva un uso disinvolto della rima al punto di inventarsela. Se gli serviva*).

Selinunte in Sicilia, governata dai tiranni Pitagora e Eurileonte nel VI secolo. Poi alleata, saccheggiata e distrutta dai cartaginesi, *'sti sucaminchia*. Violenta anche nelle metope situate nel lato orientale del tempio con rilievi in cui Perseo fa fuori Medusa ed Eracle trasporta i due ladroni cercopi appesi a un palo. Visi larghi e inespressivi su muscolose masse corporee.

Steven Segal era stato previsto con largo anticipo.

Ma chi se ne frega di Selinunte.

Donato era nato a Trapani. E del trapano manifestò presto le attitudini: nella più tenera età ce l'aveva già duro... e non aveva la minima intenzione di usarlo come aratro.

I genitori scansafatiche si disperarono accusandosi reciprocamente della responsabilità del priapismo di Donato.

«È colpa tua *fetuso*. Pensavi sempre a sfottere, e il Signore ci ha fottuti. Nostro figlio è un inseminatore sì, te lo concedo, ma di *fimmene*.»

«Senti da che pulpito, *buttana*. Sei stata tu a propormi di investire in minchia per renderci eredi del nostro erede e invece siamo stati puniti. *U picciriddu* è il figlio della colpa. Tua.»

«No tua.»

Discussioni sterili, al contrario di Donato che a soli quattordici anni aveva già ingravidato mezza contrada.

La fuitina in Sicilia è la fuga d'amore tra un Romeo e una Giulietta osteggiati dalle rispettive famiglie. Donato la fuitina se la faceva da solo, inseguito dalle Giuliette e dai loro fratelli.

Quello che avrebbe dovuto essere un dono di Dio si era rivelata una maledizione ottomana, nel senso che Donato toccacciava come piovra ogniqualvolta fiutasse odor di mutanda. Il Diavolo, probabilmente.

La *vox populi* ne descriveva il membro come la Stele di Rosetta, blocco di basalto nero, alto 1,14 metri e largo 0,75. Se qualche Rosetta era navigata e quindi naufragata dolcemente in quel mare, i benpensanti ne pensavano malissimo.

Così Donato's parents, dopo essersi rivolti a diversi esorcisti e persino all'esorcinico di Via della Gatta, un losco figuro che viveva di espedienti, decisero di prendere il toro per le corna.

Se come contadino Donato non valeva niente e come pornodivo senza preservativo riusciva a vanificare la barriera di "pillole" e spirali delle partner, l'unico modo con cui riuscire a far sì che portasse qualche soldo a casa era farne un prete.

Il seminario fu un inferno. Del resto sull'inferno i cattolici hanno creato un business.

Donato era un ragazzone, preda appetibile per credenti, miscredenti e paleocredenti, gente che aveva smesso di credere da un pezzo ma non voleva rinunciare al presunto filo diretto con Dio.

Cercarono di incularselo in tutti i modi: blandendolo, blindandolo sotto la doccia ma... *nada de nada.*

Donato, senza essere omofobo, preferiva il gentil sesso. E non per questioni di educazione. Non si sentiva il Monsignor Della Casa ma non gli sarebbe dispiaciuto diventare monsignore, o cardinale, anche perché correva voce che di purpureo i succitati sueccitati avessero anche il prepuzio.

Nel frattempo si difendeva a mazzate per tutelarsi dagli scherzi da prete e dalle prese per il culo.

Prese i voti col massimo dei voti. Era forte in teoria, il Donato, un teologo con due palle così. Mamma e papà ne divennero orgogliosi.

«In fondo Donato l'ha solo presa alla larga. Avrà pure i suoi difetti, non gli piace la terra, ma è in predicato per diventare un sant'uomo. Tra qualche anno potrebbe anche moltiplicare i pani e le olive.»

Li deluse ancora una volta per quanto credente, e lui contrariamente a loro credeva veramente, ma non riusciva a rinunciare ai piaceri della carne.

Le parrocchiane lo chiamavano Don Don, in parte perché diminutivo di don Donato ma soprattutto perché quando se le infilzava alla missionaria loro dicevano di sentire il suono delle campane. Din. Don. Dan. Forse l'unica prova dell'esistenza di Dio.

Non poteva andare avanti a lungo così.

I padri, i mariti, i fratelli, i fidanzati insorsero. Scrissero a chi di dovere, manifestarono in piazza, andarono in tivù in programmi schiappalacrime, quelli in cui il dolore è virtuale e la realtà è ritenuta tale solo se battezzata dalle lacrime della disgrazia.

Disgraziati: chiedevano la gogna per un uomo di fede solo perché gli piaceva la "Fessura Giocosa" una fossa meno profonda, ma più intensa di quella delle

"Marianne". Di che perdere la fede. Che è sempre meglio che perdere la la "Fessura Giocosa", specie per una donna.

La fede aiuta, la "Fessura Giocosa" risolve.

Don Don, convocato, inquisito perché imbarazzante. L'alto prelato che era stato incaricato di dargli una regolata aveva la pelle di palissandro.

«Don Donato. Il suo comportamento ha reso necessari seri provvedimenti. Io, sia detto per circonciso, sotto sotto parteggio per lei. Ma quando è troppo è troppo. Lei non è una pecorella smarrita, è un toro infoiato. Anch'io nel mio piccolo ogni tanto pecco, ma mai di mancanza di discrezione, per Giove. Lei è un fenomeno, e misuro le parole, rinunci ai voti senza costringerci alla scomunica. È troppo popolare. Ci garantisce un venticinque per cento di elettorato forte. Ma gli altri? Ne vogliamo parlare? Il settantacinque per cento di pecoroni? Quelli hanno fede. Certo sono senza speranza e senza carità ma due virtù teologali prevalgono su una singola. Cambi mestiere, mi dia retta, apra un Benetton in franchising, fondi un club di scambisti. Sarò il primo a iscrivermi, lo giuro su Dio. Ma rinunci, Donato. Glielo dico con tutto il cuore. Anzi diamoci del tu. Posso chiamarti Do?»

«No. Volevano fare di me un uomo oliva. Ma io ho scoperto la via per il paradiso. È una pianta pelosa che germoglia solo se alimentata. Non si tratta solo di sesso, eminenza palissandro, io non disperdo il seme. Secondo gli insegnamenti io procreo. Soprattutto quando ho bevuto un paio di bicchieri di vino, per bacco.»

L'alto prelato guardava Don Don dal basso in alto.

«Non posso più aiutarti Donato.»

«Aiutarti che Dio t'aiuta.»

«Non tirare in ballo Dio.»

«Quando Dio balla ci sono i terremoti.»

Palissandro si fece severo, sbrigativo e pragmatico.

«Forse hai ragione, ma sei nello sbaglio. Non posso scomunicarti, sei troppo noto, piegarti, sei troppo duro. Ma trasferirti questo sì. E sai dove stai per andare, bello? Rinfodera l'uccello perché stai per finire nell'avamposto dimenticato da Dio. La tua parrocchia sarà il Paese delle Meraviglie.»

Una comunità destinata a estinguersi quella del Paese delle Meraviglie. Prima o poi qualcuno si sarebbe dimenticato dell'esistenza di un popolo di scherzi da prete e scherzi della natura.

Valle d'Aosta. Il più lontano possibile da Trapani, dalle piste sciistiche, dal mondo, quello che scia e sa dove sia ubicata Trapani.

I bambini deformi che i vecchi spartani eliminavano senza pensarci su, e che quelli venuti dopo nascondevano nelle cantine anche ad Atene, usufruivano di un grande servizio sociale.

Quelli più coriacei, quelli che erano sopravvissuti alla prova cassonetto, venivano umanamente raccolti in una valle verde come i ricordi di John Ford (il regista, non l'autore) e grigia come un lager (del resto John Ford filmò *La lunga linea grigia*).

Personcine deformi perché non fitnessate da madre natura, quella troia, venivano affidate dai genitori al responsabile della comunità, Don Tozzi, un vecchio ubriacone che vedendoci doppio non si stupiva di vedere persone con quattro mani.

Don Tozzi ormai non ce la faceva più. Recentemente

aveva cercato di cogliere una stella alpina tra le gambe di un focomelico. Inaffidabile. Necessitava una sostituzione.

Don Don sembrava fatto apposta. Lontano da ogni tentazione ma soprattutto lontano.

Contrariamente a ogni aspettativa retorica i "diversi" della comunità non erano affatto più sensibili. Il mostro Frankestein che si intenerisce di fronte alla bambina? Ma vaff!

Erano né più né meno figli di puttana di quelli di Trapani, Mendrisio, Borgo a Buggiano, Las Vegas di questo porco mondo. Anzi, se possibile erano ancora più incattiviti. E ne avevano ben donde.

Sentendosi considerati dei reietti rigettavano la propria bile appena possibile. Eppure esisteva una sottile armonia nella cattiveria.

Il nano gridava al gigante, dopo essersi procurato un megafono: «In culo a te Tour Eiffel dei poveri», e il gigante rispondeva: «Possibile che le cagate di piccione abbiano diritto di parola?».

I deformi si ritenevano poliformi. E se ne vantavano.

Ognuno era incazzato nero nei confronti dell'altro.

Si confessavano ad alta voce, bestemmiando, con quel vecchio ubriacone di Don Tozzi che il mattino dopo non ricordava una parola. L'ideale per un confessore.

Tutto filava a meraviglia, nel Paese delle Meraviglie.

Finché non arrivò Don Don... e con lui il sesso.

Non che prima del suo arrivo nel Paese delle Meraviglie non si copulasse, ma lo si faceva con rabbia. In

21

fondo una specie di terapia antistress. Nani con nani, giganti con giganti.

Il rancore nasceva dal fatto di essere costretti a accoppiarsi con i propri simili dissimulando l'interesse per le altre creature del Signore, che come un feudatario distratto li aveva dimenticati lì.

Con Don Don arrivò la libidine e di conseguenza la libertà.

Don Tozzi accolse Don Don sfatto come una meringa a Ferragosto e fatto per le troppe grolle che poco cristianamente non divideva con nessuno.

«E così tu sei il nuovo? Sapevo che prima o poi mi avrebbero scaricato. Comunque non ti invidio. L'audience è scarsa, il profitto quasi nullo. Meglio berci su.»

«Me ne frego. Ho una missione io.»

«Anch'io la pensavo così agli inizi.»

«Dubito che parliamo della stessa missione.»

«Come credi. Solo una preghiera. Ti spiace se mi trattengo qui finché non trovo una sistemazione?»

«Figurati. Ma toglimi una curiosità. Visto che sei così demotivato perché hai scelto di dedicare la tua vita al cattolicesimo?»

«È l'unica religione fondata sul vino. Hai presente le nozze di Canaa?»

Il popolo del Paese delle Meraviglie si fiondò alla prima messa di Don Don per pura curiosità e ne uscì totalmente affascinato.

Le parole vibranti del sacerdote erano ben diverse dai predicozzi etilici del suo predecessore.

«Insomma ragazzi, diciamocelo pure fuori dai denti. Occhio per occhio dente perdente. Si perde un gran tempo nel coltivare l'occhio e la vendetta. Avrete sicuramente sentito, specialmente voi che avete tre orecchie, il vecchio luogo comune secondo il quale masturbandosi si diventa ciechi? Fanfaluche. Masturbandovi vi viene la piorrea. Perdete i denti. L'alternativa è il sesso. Crescete e moltiplicatevi diceva Tizio. Ora, visto che per i nani crescere è impossibile e per i giganti assolutamente, l'unica è moltiplicarsi. Ma non in modo rigido. Bando alle categorie. Non esiste una sottospecie né una fattispecie. Esiste una "fottispecie". E siete voi. E siamo noi. Sarò il vostro pastore ma non vi voglio pecoroni. Il Signore ha creato l'uomo a sua immagine e somiglianza e quindi vi somiglia. Dio è un tipo malleabile. Deforme come voi e altrettanto in forma. Non deludetelo.»

Applausi.

Nel giro di qualche mese la situazione era radicalmente cambiata. Don Don aveva dato il buon esempio infilandosi in letti di tutte le dimensioni.

Gli occhi vinosi di Don Tozzi non riuscivano a celare l'invidia che aveva dichiarato di non provare. I rissosi scherzi della natura riuscivano a scherzare tra loro in allegre partite di "gambe all'aria". Il sesso come comunione.

Il desiderio come fede con tanto di prove. Matrimoni misti tra ragazze con tentacoli e macrocefali infoiati.

Il paese delle meraviglie, ipocrita eufemismo per definire una comunità di freak, era diventato per (e grazie a) Don Don l'autentico Paese delle Meraviglie: la "Fessura Giocosa". Una terra che restituisce al mittente il dono dopo averlo apprezzato.

L'armonia sembrava ormai di casa, a casa di Dio.

Ma Don Don commise un errore: si innamorò di Fiamma.

Il sesso, come il sacerdozio, è una vocazione. L'amore è un'invocazione.

A un certo punto della tua vita, che chiameremo x, ti appelli al quinto emendamento e quindi ti rifiuti di pronunciare frasi che potrebbero essere usate contro di te. Eppure ti scappa un: "Ti amo" rivolto a un'entità squisitamente fisica perché si manifesti, ne avverti il bisogno.

Ti catapulti sull'altro incurante dei danni che gli arrecherai e ti arrecherai.

La prima cosa che guardavi in Fiamma erano gli occhi. Ne aveva quattro e di colori diversi. Una creatura completa. Quando ti faceva gli occhi dolci naufragavi nella melassa. Diciotto anni di splendore speciale.

Don Don non aveva osato inforcarsela come due paia di occhiali, trattenuto dal sentimento.

Il sentimento cozzava con le sue due vocazioni.

Aveva una sua etica, perdio.

Anche Fiamma non era insensibile al fascino olivastro del suo confessore. Gli raccontava piccole cose della propria vita che considerava peccati. Niente di trascendentale, cose così, terrene. E Don Don, che avrebbe voluto afferrarle le tette (quattro di numero, Fiamma era una ragazza proporzionata), conteneva a fatica il suo desiderio.

Fiamma era il biondo cilicio di uno scopatore incallito in cerca di proseliti.

Fiamma era la fiamma dell'inferno che si nutre d'amore fino a ingozzarsi.

Fiamma aveva un padre con quattro occhi e quattro pettorali. Era nata nel Paese delle Meraviglie, non conosceva altri luoghi.

Il padre vi era stato deportato da bambino e dall'incontro con una sua simile Fiamma, è il caso di dirlo, aveva visto la luce. La luce dei suoi quattro occhi che illuminavano a giorno persino un fosco confessionale.

Sua madre era morta e Fiamma si occupava a tempo pieno di quel padre irriconoscente. Una Cenerentola senza neanche matrigne o sorellastre da detestare. Una ragazza che anziché aspettare il principe azzurro aveva preferito accontentarsi di quel principe nero come la sua tonaca che rispondeva al nome di Don Don.

Fiamma disse a Don Don: «Mio padre mi tocca».

"Urca" pensò Don Don dicendo: «È disdicevole».

Attraverso la grata percepì l'intensità della propria erezione, del proprio batticuore e della gravità dell'affermazione di Fiamma.

Prima del suo arrivo nel Paese delle Meraviglie i simili si accoppiavano con i simili per deformità ma mai con i consanguinei. Al massimo con i cugini.

Ora che Don Don aveva sdoganato i rapporti tra persone di estrosa fisicità rendendo possibile il compatibile tra incompatibili, l'incesto si presentava come un orrido ritorno alle origini. Quando dopo la cacciata dal paradiso terrestre a causa di una mela e di un serpente, per scarsità di personale era giocoforza accoppiarsi tra parenti. Parenti serpenti.

«Sei sicura di non essertelo inventato, Fiamma? Quando vivevo ancora nell'altro mondo talvolta mi

capitava che qualche ragazzina si inventasse un incesto per attirare l'attenzione su di sé.»

«E le altre volte?»

«Era maledettamente vero!»

«E allora Don Don come la mettiamo? Lei ha fede,
quindi dovrebbe credermi.»

«Da quanto tempo accade?»

«Dal suo arrivo nel Paese delle Meraviglie.»

«Porca Eva. Non vorrei che fosse colpa mia. Magari l'ho ispirato con una delle mie prediche e quello mi
ha preso alla lettera. Perdio. Coi quattro occhi che si
ritrova pensavo che sapesse leggere tra le righe!»

«E allora?»

«Sei assolta. Tu.»

Don Don andò da Don Tozzi.

Don Tozzi diede l'assoluzione a Don Don di mala-
voglia.

Prima del suo arrivo esisteva una sorta di ordine
nella mostruosità. A lui bastava ingolfarsi di vino e
godersi la horror parade dell'ora dello struscio come
se fosse un film di Clive Barker.

Ma Don Don, missionario del sesso, aveva genera-
to l'anarchia, disgregato famiglie di brachicefali. Facendo conoscenza biblica di sorelle siamesi.

"Non c'è più religione" aveva pensato. E se non ci
fosse stata davvero più religione Don Tozzi sarebbe
stato disoccupato.

Assolse Don Don non senza fargli la predica. In
fondo era il suo lavoro.

«Non ci siamo. Non ci siamo proprio. Finora ho ta-
ciuto perché sei tu il padrone di casa. Io non sono un
bacchettone. Il problema non è il sesso in sé, ma il

sesso è stato foriero di caos. Tu predichi bene e zompi meglio ma stai disgregando l'ordine aggregando mostri.»

«Il sesso è un dono di dio, rifiutandolo il Signore potrebbe offendersi.»

Don Don uscì dalla chiesa.

Don Tozzi si sfregò le mani di pasta frolla e sul suo viso di creme caramel si disegnò un sorriso solido come un budino.

Don Don attraversò il Paese delle Meraviglie al quale sentiva di appartenere. Salutò il postino, un focomelico su una carrozzina motorizzata che si era fidanzato con una donna barbuta. Il postino sorrise.

Prima dell'arrivo di Don Don non aveva lavoro. Nessuno scriveva agli abitanti del Paese delle Meraviglie, avevano preferito dimenticarseli. Ma Don Don aveva preso l'abitudine di scrivere lettere a tutte le parrocchiane, oltre che a farsele, e il postino gliene era grato.

Un sordomuto giocava a scacchi con una ragazza senza occhi. Vinceva sempre lui ma lei era serena: si sarebbe rifatta a letto.

Don Don era orgoglioso delle sue creature. Il sesso aveva abbattuto gli steccati.

Arrivato a casa di Fiamma bussò. I quattro occhi del padre erano cisposi e diffidenti.

«Cosa vuole Don Don.»

«Credo che lei lo sappia benissimo.»

«Oltre ad avere quattro occhi la mia bambina ha la lingua lunga. E sapesse come gliela faccio muovere bene. Lei dovrebbe apprezzare Don Sesso, con le sue teorie. Ma cosa vuole io sono un tipo all'antica. Non

27

mi accoppio con gli altri mostri. Le cose devono restare in famiglia.»

Don Don fece una cosa che non aveva mai provato in vita sua. Chiuse a pugno la sua bella manona da contadino mancato e colpì come un maglio il padre padrone.

L'uomo crollò al suolo.

Che comandamento era? Non ammazzare?

Corse a confessarsi da Don Tozzi che si stava nuovamente impossessando della situazione.

«Sei sicuro che fosse morto?»

«Certo.»

Don Tozzi avrebbe pasteggiato a vin santo.

Fiamma tornò a casa. Il padre era steso a terra. Improvvisamente allungò la mano e le afferrò la caviglia.

«Puttanella hai visto come mi ha ridotto il tuo prete? Ora ti concio come facevo con tua madre. Te le ricordi le urla, eh?»

Fiamma si infiammò all'odioso ricordo, afferrò dal tavolo un ferro da stiro e colpì il padre alla testa.

Che comandamento era? Onora il padre e la madre?

Fiamma voleva confessarsi con Don Don, confessare il patricidio e anche il suo amore ma Don Don non c'era... Fu costretta a rivolgersi a Don Tozzi, le cui guance erano dei rossi bignè.

«Sei sicura di averlo ammazzato?»

«Certo.»

Don Tozzi l'assolse e poi prese carta e penna. Nel Paese delle Meraviglie non c'era il telefono.

Due anime disperate si incontrarono in piazza.

«Ho ucciso mio padre», «Ho ucciso tuo padre» dissero simultaneamente, poi si abbracciarono.

"Non si sa mai" pensò Don Tozzi entrando in casa di Fiamma.

Il bestione era a terra e ansimava più morto che vivo.

Don Tozzi aveva già annunciato il delitto che gli avrebbe permesso di riprendere il suo ruolo.

I diversi coi simili, mai più i diversi con diversi da loro.

Diede al padre di Fiamma l'estrema unzione mentre lui farfugliava: «Aiut...».

Poi si sfilò il crocifisso dal collo e lo infilò quattro volte nei quattro occhi di quello scherzo di pessimo gusto della natura.

Quando Don Don e Fiamma rientrarono in casa fissarono il cadavere allibiti.

«Ma io l'ho ucciso con un pugno.»

«E io con un ferro da stiro.»

«Chi altro...?»

Ora, il postino era curioso come una scimmia.

Prima di quel sant'uomo di Don Don nessuna lettera arrivava in paese. Adesso addirittura ce n'era una diretta al commissario di Aosta e per conoscenza al Santo Padre.

La lesse avidamente. Trasalì.

Era il caso di convocare immediatamente un'assemblea.

Si riunì tutto il paese tranne tre. E voi sapete chi. Nani, giganti, donne barbute, uomini uccello, stambecchi umani, pin head. Gente che fino a qualche tempo prima non si sarebbe riunita neanche in un rifugio antiaereo sotto un'improbabile bombardamento.

Una decisione fu presa e una lettera stracciata.

Fiamma e Don Don fecero l'amore accanto al cadavere dell'orco. Non molto romantico ma quasi una forma di espiazione.

Ciò nonostante fu bellissimo. Per tutti e due fu la prima volta. Fiamma era stata solo masturbata sino ad allora e Don Don si era limitato a scopare.

Prima di costituirsi e denunciare lo scempio finale commesso da Don Tozzi si recarono in chiesa.

Tutto sarebbe tornato come prima, tranne che per loro. L'utopia era stata assassinata.

Stranamente la chiesa era gremita. Tutto il Paese delle Meraviglie applaudì al loro ingresso.

Don Don era senza parole, riuscì solo a farfugliare: «E Don Tozzi?».

Il postino gli sorrise e indicò il confessionale. Non era più di legno ma di pietra.

«Lo abbiamo murato lì dentro. Chissà quante cose avrà da confessarsi.»

Nel Paese delle Meraviglie si scopa allegramente e cristianamente.

Ogni orgasmo è un piccolo miracolo.

Non so quanto durerà ma Don Don è diventato monogamo!

La maggior parte delle nostre storie era a fortissima conno-
tazione sessuale. Usavamo leggende da caserma proprio
per ribadire il concetto che eravamo guerrieri, non soldati.
Quindi nessuno avrebbe potuto incasermarci nel servizio
militare, in una riserva, in un casermone periferico o in un
villaggio olimpico, senza la nostra approvazione. Preferi-
vamo prevenirli. Metterci al loro livello, bassissimo, anti-
cipandolo. Così ci trovavano apparentemente già accostu-
mati alle loro ossessioni. Prima di tutte il sesso.

Come sosteneva Henri Focillon: «La coscienza umana è
una continua ricerca di un linguaggio e di uno stile». Noi
adottavamo il loro linguaggio col nostro stile. L'universo
non è freddo: è vuoto. L'universo non è frigido.

Quando tu stai scopando chiunque non stai copulando
con una singola persona. Stai facendo l'amore con i tuoi, i
suoi ricordi, i sassi, il cielo, la prima margherita che hai sfo-
gliato, la prima Margaret che hai spogliato, i sassi di Gino
Paoli. Le fighe di legno, la nebbia in Valpadana, il volo di un
condor, il fumo di un arrosto bruciato. Il colore di una notte.
La rugiada del mattino. In pratica ogni volta. Fai l'amore
con l'universo. È l'universo che sta scopando te.

Don Don l'aveva capito. Non tutti sono così... Infatti...

L'esorcinico di Via della Gatta

In Piazza San Silvestro non ci sono diavoli, c'è un bel palazzone della Riunione Adriatica di Sicurtà, che pur facendo il ras della Piazza sovrastando il pacchiano arancione dei bus dell'ATAC capolineati in bell'ordine come guardie svizzere, infonde una certa sicurezza.

In Piazza San Silvestro non ci sono diavoli ma c'è una sfilza di motorini posteggiati di fronte alla Posta Centrale di Roma che hanno ospitato i glutei di ragazze dalla bellezza sfrontata, peculiarità delle romanine, delle romaniste, delle laziali.

In Piazza San Silvestro non ci sono diavoli, ci sono i tavolini di un'altrettanto bella gelateria da cui è possibile rimirare i succitati glutei come i lanzichenecchi di Carlo V erano usi fare nel 1527 prima di passare all'azione.

In Piazza San Silvestro non ci sono diavoli e non c'è nemmeno il Gatto Silvestro. Meglio così, perché sono allergico al pelo. Ma di gatto.

Ne avevo visto uno la sera precedente e l'avrei mio malgrado rivisto di lì a poco.

In Piazza San Silvestro non ci sono diavoli, in Via

della Gatta sì. Sul primo cornicione di Palazzo Grazioli un'antica scultura marmorea raffigurante un gatto sta in agguato. Ha qualcosa di umano, nel senso neandertaliano del termine. Fa paura, anche a me che lucro sulle paure altrui.

Sono un esorcista non autorizzato, metto inserzioni sui giornali e chiunque abbia un parente con la bava alla bocca, che va fuori di testa inanellando bestemmie, prima di farlo interdire per intascarne gli averi si para la coscienza, chiamiamola così, consultandomi.

Sia io che i miei clienti siamo in mala fede. Io non credo nella possessione demoniaca e loro non credono in me. Ma business is business. Gli unici in buona fede sono i miei pazienti. Loro sì, pensano di essere un ostello di demoni, di aver affittato il proprio corpo bread and breakfast a legioni di satanassi coatti e scurrili.

Non sono un esorcista, sono un esorcinico. Alimento le voci secondo le quali a Piazza del Popolo sotto le radici di un noce le ceneri maledette di Nerone hanno germogliato orde luciferine, che senza l'intervento di Papa Pasquale II, o il mio per esempio, imperverserebbero chiassosi come alla festa de Noantri.

Ma il Diavolo non esiste, perlomeno non in Piazza San Silvestro. Ed è per questo che me ne sto qui a temporeggiare lumando i culi delle pischelle smotorizzatesi anziché tornare subito in Via della Gatta, dove ieri sera, mannaggia a me e a quel gatto marmoreo del malaugurio, ho constatato che il Diavolo esiste. Eccome.

Facciamo due o tre passi indietro.

L'idea di fare l'esorcinico risale al 1984, ero in terza

media. Al cinema Odeon di Milano, preberlusconi, proiettavano *L'esorcista*. Si vociferava, puro battage pubblicitario, che negli Stati Uniti, alla prima del film, una donna incinta avesse partorito un bambino settimino, malato si setticemia e cultore di Seth, divinità pagana.

Nessuno se l'era bevuta, forse solo quei fresconi di americani.

Noi spettatori presenti ci limitavamo a darci di gomito vedendo Linda Blair che vomitava verde, ripromettendoci unicamente di non mangiare più spinaci alla faccia di Braccio di Ferro, né di sbafarci coni al pistacchio per i prossimi tre mesi.

Ma fu lì che ebbi la folgorazione. Il pubblico di boccaloni che credeva al Diavolo trasmigratore sarebbe diventato pane per i miei denti. Mi laureai in Storia medievale, mi iscrissi ai Bambini di Satana a Bologna, altro che DAMS, ingoiai qualche rospo.

Insomma, ne volevo sapere una più del Diavolo.

"Lucifero non esiste" pensavo. "Gli angeli caduti sono solo persone che hanno toccato il fondo."

Come sede della mia attività scelsi Foligno, Umbria, terra di santi. Motivato dal fatto che se uno crede nei santi, finirà col credere nei diavoli.

Me l'ero cavata da dio sino alla sera in Via della Gatta.

In Piazza San Silvestro non ci sono diavoli, in Via della Gatta sì.

È estate. Roma è l'ombelico del mondo checché ne dicano Jovanotti e Raffaella Carrà. Sono gli ombelichi abbronzati, simulacri di vagine sui ventri piatti delle romanine, delle romaniste, delle laziali.

Mentre ne osservavo uno a momenti venivo investito da una carrozzella.

Chi ha scritto *Com'è delizioso andar sulla carrozzella* evidentemente non si è informato sul costo della corsa.

Sono in Piazza San Silvestro, dove ci sono diavoli, ma ieri ero e stanotte sarò in Via della Gatta.

Quando mi chiamò Donna Vittoria ero alla solita routine: l'esaltato che si muove come un pupazzo a molla sputazzando a destra e a manca. Ma stavolta il caso era diverso. Donna Vittoria sussurrava al telefono mentre si sentiva l'invasato gridare dalla stanza accanto. Sussurri e grida, altro che *L'esorcista*.

«Conosco la sua reputazione Don Mario...»

«In realtà non sono un sacerdote. Mi chiamo Donato, Mario è il cognome. Ma così fa meno effetto.»

«... La questione è estremamente delicata. Sa, mio marito ha una posizione, è il senatore Bombardoni Ciumbia. Se si venisse a sapere...»

Il senatore Bombardoni Ciumbia, senatore leghista, ben pasciuto e forcarolo, uno che ce l'aveva duro. Anche il comprendonio. Una bella gatta da pelare, la gatta marmorea sul tetto che scotta. Vittoria mi fece entrare. Uno schianto di trentenne finta bionda. Vicino a lei Gustavo, il segretario tipo raggi UVA e gel.

«Mio marito è di là... completamente fuori. Pensi, proprio lui che ce l'aveva con Roma ladrona adesso sacramenta in romanesco e si ingozza di coda alla vaccinara, saltimbocca alla romana e maritozzi alla panna."

Chissà di che colore avrebbe vomitato. L'uomo era nudo a parte una canottiera.

Come mi vide cominciò: «Famo come l'antichi che magnavano le cocce e cacavano li fichi».

«Sono qui per aiutarti.»

«E si mi' nonno c'aveva cinque palle era 'n flipper.»

«Esci da Bombardoni.»

«Te pio pe' le recchie e te arzo come 'na coppa UEFA.»

«Signora torno domani. È un caso disperato.»

Avevo paura. Bombardoni era veramente posseduto. Uscendo di casa vidi una dozzina di donne intabarrate in nero inginocchiate davanti al gatto marmoreo pronunciare litanie oscure.

Roma è una città che ti resta appiccicata addosso. Per questo i suoi autobus si chiamano ATAC.

Mi schiodo a fatica da Piazza San Silvestro. Mi manca Milano, mi manca Foligno, mi manca il Gatto Silvestro e persino il Canarino Titti anche se l'ho sempre detestato, come Topolino. Ma stasera è diverso perché il Diavolo, in Via della Gatta, giocherà con me come il gatto col topo.

Non credo in Dio, credo nella diossina. Vorrei essere uno dei topi mutanti di Seveso, pericolosi come cinghiali. Invece sono solo un cialtrone che nel '74 ha visto il film sbagliato nel momento sbagliato.

Non credo nel Diavolo. Ma metti che lui creda in me... sarei rovinato.

Sono allergico ai gatti. Preferirei andare all'Ostaria dell'Orso dove hanno soggiornato Rabelais e Montaigne e, stando alla leggenda, anche Dante. E a proposito di Dante sto andando all'inferno, in Via della Gatta. L'odioso felino sogghigna.

Vittoria e Gustavo, che probabilmente è il suo ganzo, mi conducono da Bombardoni. È tutto sudato nonostante l'aria condizionata.

Come mi vede bombarda un: «Te rettifico la vena cacatoria».

Mi vuole provocare lesioni anali permanenti.

«Me ne vado, rinuncio!» esclamo.

Ma Bombardoni mi zompa addosso e dopo aver pronunciato: «Sciacqua 'a sella che stasera se cavalca» mi sodomizza selvaggiamente.

Il posseduto del Diavolo mi possiede.

Fuggo col sedere urticato. Cambierò vita, lo giuro.

Ignoro Vittoria e Gustavo che stanno limonando nel boudoir. Scendo in strada e l'orrore mi aspetta: le donne in nero di ieri stanno pugnalando un extracomunitario. Non sono gattare. Sono le adepte del gatto di Via della Gatta che stanno compiendo un sacrificio umano.

Sono trascorsi mesi. Ho cambiato lavoro, qualcosa è cambiato. Sono conduttore di televendite di vaselina. Donna Vittoria e gustavo sono diventati una coppia ufficiale, le sacerdotesse continuano a uccidere, Bombardoni è stato espulso dal partito perché non si è più ripreso. Non se la passa male, lavora al ristorante La Parolaccia a Trastevere, dove insulta i clienti a pagamento secondo la tradizione del locale.

Grasse americane e turisti di ogni dove si divertono un sacco, tra una portata e l'altra, a sentirsi dire:

«In culo te centra ma in testa no!»

Quando Palle di Daino mi aveva raccontato questa storia che vi ho appena proposto attribuendola a un suo cugino lo avevo preso in giro.

«Senti, tuo cugino era un Urone e sappiamo tutti e due che gli Uroni le sparano grosse.»

«Ma no, fidati. Ci sono veramente finti sciamani. Che poi si ricredono.»

«Mah, a me risulta che gli sciamani siano tutti in buona fede. Solo che tuo cugino era uno scemone.»

Alla fine fui costretto a non dargli tutti i torti. Il 27 agosto 1635 c'era stata un'eclissi di luna subito interpretata dai veri sciamani più che come una manna dal cielo, come una mannaia dal cielo portata dai gesuiti.

La vita di un gesuita dipendeva dai sogni di uno sciamano. Forse quel giorno il vero sciamano aveva mangiato pesante. Ma l'anno che seguì, nonostante la minaccia degli Irochesi e l'epidemia in corso, la situazione non precipitò. Anzi migliorò. Forse l'autentico sciamano era il gesuita.

Il piede nella culla

Non è facile stare in equilibrio su un piede solo all'interno di una culla alta come la fine dell'Ottocento, XIX secolo. Ci vuole un certo senso dell'equilibrio. E nello stesso tempo una totale mancanza dello stesso.

Quale persona sensata starebbe in piedi su una culla abitata, col rischio di ammazzare il neonato con un piede assassino, di inciampare nel cadaverino rompendosi l'osso del collo e le restanti ventisei ossa del piede (tarso, metatarso e dita) nella probabile caduta. E del resto, anche dando per scontato che la culla sia vuota, una volta eliminato il rischio dell'infanticidio, per quale ragione cullare pericolosamente una propria estremità?

La mano sulla culla, d'accordo, è quella che "regge il destino del mondo". Ma, il piede sulla culla? Come minimo è pedestre.

Esiste un solo motivo per atteggiarsi a fenicottero su una culla (il primo passo verso la bara sotto il profilo dell'alloggio) e pascersi della precarietà della situazione. Quale? Essere un equilibrista.

Grazia Flamingo aveva da tempo compiuto la difficile scelta di non stare coi piedi per terra. Una sorta di vocazione, la sua. Lo stato del suo corpo, dando risultante nulla e i momenti delle forze applicate avendo pure come somma nulla, era un estetico estatico stato di grazia.

Grazia era graziata dall'impatto col suolo, lontana quanto basta da una situazione terra-terra. Spaventava il pavimento dalla sua dondolante alta stabilità.

Da due anni aveva smesso di chiamarsi Grazia Flamingo. Da quando era diventata la Signora Jones. Grazia si godeva l'allenamento con un piede nella culla e il cuore al settimo cielo.

I ritratti degli avi di suo marito, temporaneamente appesi alle pareti sembravano fissarla severi e carichi di impotente disapprovazione. Ma Grazia Flamingo, della famiglia dei Funamboli Flamingo, non se ne curava, attenta com'era a dondolare l'armonia della propria instabilità.

«Grazia. Mi avevi detto che non l'avresti più fatto...» irruppe il dottor Jones. «Non ti ho chiesto di giurarmelo... ma pensavo che dopo il matrimonio... Ci sei ricascata.»

Grazia guardò suo marito dall'alto in basso.

«Sei tu che rischi di farmi cascare se ti presenti silenzioso come un ladro mentre mi sto esercitando.»

«Sai che disapprovo la tua condotta.»

«Figurati.»

«Non essere indolente.»

«Jimmy Boy. Devi deciderti. Mi hai voluta sposare per quello che sono.»

«Ma io... Ma io...»

«Ma tu cosa Jimmy Boy? Sei un uomo pieno di contraddizioni.»

«Non usare questo tono con me Grazia. Ho chiuso un occhio sul tuo disdicevole passato, fiducioso che allontanandoti dalla strada la nostra vita sarebbe diventata un campo eliso. E invece tu ci sei ricaduta.»

«Jimmy Boy. Cerca di non portare rogna.»

«Eppoi... Come ti esprimi Grazia. Nonostante la mia famiglia abbia osteggiato in ogni modo la nostra unione ero certo che sarei riuscito a estirpare la mala pianta del tuo esibizionismo, mio petalo. Sapevo e so ancora che nelle piaghe sulfuree del male si annida un'innocenza tradita ma non rinnegata. Un florilegio di valori oscuri solo a chi non ha occhi per ammirare la bellezza di un candido cigno costretto da circostanze inique a nuotare in un lago, assediato da una palude assillante.»

«Jimmy Boy, tesoro. Guarda che qui di assillante ci sei solo tu. Parli come un vittoriano.»

«Ma noi viviamo in epoca vittoriana, mia refrattaria colomba. E io sono figlio di questo tempo, della moralità e imparzialità ereditata dalla nostra regina grazie ad Alberto di Sassonia e dell'imperialismo illuminato del nostro amato ministro Disraeli.»

«Jimmy Boy, Jimmy Boy, io faccio solo ciò che tu vuoi.»

«E allora perché indulgere in questo atteggiamento circense sulla culla del bambino che arriverà ad allietare le nostre vite. A rischiarare la bruma.»

«Arriverà Jimmy Boy, arriverà» rispose Grazia cantilenando una nenia per il bambino che non era nella culla.

Quando il dottor Jones iniziò a masturbarsi, Grazia balzò graziosamente nell'aria per raggiungere il suolo, per non rovinare al suolo, per non rovinare la situazione. Non era più con un piede nella culla, non era più nell'epoca di Vittoria, regina del XIX secolo del secondo millennio. Si trovava in un pied-à-terre, il cui unico arredamento era costituito dai quadri portati da casa del dottor Jones e da una vecchia culla.

Grazia si chiamava Rita. Esercitava la professione più vecchia del mondo per clienti... come dire... dai gusti particolari!

Rita non era propriamente una prostituta. E Grazia Flamingo non era uno pseudonimo. Il suo nome completo Rita Grazia Flamingo era semplicemente troppo lungo sia per un'equilibrista che per una dispensatrice di piacere.

Tra le due professioni in realtà non c'è molta differenza. Un'equilibrista si esibisce per far provare un brivido di piacere a chi la guarda da sotto e una prostituta estirpa il piacere altrui senza mai che gliene rimanga un po' addosso. Anzi, preferisce evitarlo, se vogliamo chiamare piacere quella sostanza vischiosa che i clienti non vedono l'ora di dividere con un altro corpo.

Rita Grazia manteneva le distanze, sin da bambina quando le sue prime esibizioni nel piccolo circo di famiglia l'avevano vista camminare su un filo.

Allora il circo era veramente un circo. Grazia, suo padre, sua madre e altre due sorelle. Chiamarlo circo, forse era esagerato. Più che altro si trattava di un cerchio, una sorta di cerchio, un allegro girotondo di artisti da strada. Giro giro tondo.

Il mondo era cascato insieme al padre di Grazia che in una fatale esibizione si era rotto la spina dorsale. L'equilibrio familiare per sempre infranto. Non c'è rosa senza spina, dorsale.

La madre aveva cominciato a bere e le sorelle si erano accasate con due piccoli borghesi che facevano parte del pubblico.

Ma Grazia no. Non si era arresa. Amava la strada. Vista dall'alto di un filo. E anche quando aveva i piedi per terra amava avventurarsi nei quartieri popolari della città, annusarne l'odore di placida rassegnazione e illudersi di poter dare ancora un po' di divertimento.

Era sulla strada e correva il rischio di diventare una donna di strada. Per mantenersi libera. Camminava sul filo del rasoio tra funambolismo e prostituzione.

Aveva cominciato col frequentare gli antenati dei single bar, dove nessuna ama restare single per più di mezz'ora.

Essendo graziosa, Grazia, non aveva difficoltà di rimorchio.

Una sera un tale le aveva detto: «Se fai qualcosa per me ti posso compensare a dovere. Non guardarmi così. Non si tratta di sesso. Mi piacerebbe semplicemente che tu ti vestissi da dominatrice, ho io il guardaroba, e mi frustassi il sedere».

Grazia aveva accettato.

In una squallida stanza d'albergo secondo le istruzioni del suo primo cliente, con uno scudiscio aveva arroventato un flaccido culone. Contento lui contenti tutti, tutti quelli che, informati dal masochista soddisfatto, avevano cominciato ad avvalersi dei suoi servigi.

Grazia era passata da un circo a una cerchia.

Non tutti gli amici del Culone ne condividevano i gusti. C'era chi preferiva farsi bendare per giocare per ore tutto ignudo a mosca cieca. Dopo la prima mezz'ora Grazia se ne andava senza sbattere la porta mentre lo zuzzurellone gaudente si scontrava con spigoli di tavoli e inciampava tra sedie impagliate. C'era chi optava per farsi rinchiudere in un angusto sgabuzzino implorandola: «Zia fammi uscire». Grazia, terminata la lettura dello "Strand Magazine", lo accontentava.

Una clientela di innocui pervertiti. Bambinoni che, anziché andare in cura dall'alienista, preferivano risparmiare economicamente assecondando le proprie bizzarre inclinazioni. Grazia era molto richiesta.

Qualcuno con consorte logorroica la pagava perché, semplicemente, facesse silenzio. Altri, con mogli incapaci di fare conversazione, preferivano dialoghi a tassametro, uscendone appagati.

La situazione economica non era male. La clientela del pub Flesh and Fresh non era pericolosa, si accontentava di fantasie applicate, che Grazia graziosamente applicava, annoiandosi un po'. Le mancava il filo.

La situazione cambiò radicalmente. La sera in cui al Flesh and Fresh mise piede il Dottor Jones.

Era un bell'uomo alto. Somigliava a un tacchino snello. Era inetto al volo ma abile nella conversazione. Si avvicinò allo sgabello sul quale Grazia era appollaiata ed esordì: «Permette che mi presenti? Mi chiamo Jones, James Jones, pediatra. Considerata la sua giovane età ritengo di poterle essere utile».

Grazia non era abituata all'approccio forbito. Non che i suoi clienti fossero dei trogloditi, ma al primo incontro parlavano poco, forse perché intimiditi di fronte alle proprie richieste.

Il dottor Jones continuò: «Se non oso troppo, appena l'ho guardata ho ravvisato una straordinaria somiglianza con Amalia Guglielminetti. Glielo avranno detto in molti, nevvero?».

Grazia, che non aveva la più pallida idea di chi fosse Amalia Guglielminetti, abbozzò. Ma il dottor Jones intravide due punti interrogativi al posto degli occhi cerulei e si sentì in obbligo di catechizzare.

«Massì, Amalia Guglielminetti, scrittrice di gusto dannunziano, lei ama l'Italia?, intrattenne un carteggio amoroso con Guido Gozzano e fu autrice, mi permetta l'ardire, di *Le vergini folli*.» Arrossì.

«Di cosa si occupa dottor Jones, oltre che di pediatria? Di vergini folli?»

«Lei è molto intuitiva mia cinciallegra. In effetti non esercito la pediatria. L'attività che mi dà da vivere è fondata sulla colla.»

«Per questo è così appiccicoso.»

«Oh. Che adorabile insolente. Birichina. Non le manca il senso dell'umorismo.»

«Quello che mi manca è il tempo. Le spiace venire al sodo?»

«Come saprà la colla è una sostanza gelatinosa adesiva, ottenuta per ebollizione in acqua di sostanze di origine animale ricche di collagene o sostanze vegetali come la gomma, l'amido...»

«Non intendevo questo quando le ho chiesto di venire al sodo.»

«Ha ragione, mi perdoni. Il fatto è che sono molto più che benestante grazie alla colla.»

«Benissimostante?»

«Di più. Ho brevettato la colla più adesiva sul mercato. È come se avessi incollato la concorrenza al punto di partenza.»

«Mi rallegro per lei.»

«Io no. Sono un uomo solo. Vuole sposarmi?»

«Lei sta scherzando. Per anni ho camminato in equilibrio sul filo per avere gli altri ai miei piedi anziché averli tra i piedi e adesso dovrei...»

«Mi perdoni se la interrompo, mio roseo meriggio. Mi sono espresso male. Io in realtà sono già sposato. Un'insulsa virago il cui padre mi ha permesso di realizzare i miei progetti purché gliela togliessi di casa. Non ci amiamo naturalmente. Mi sono informato su di lei Grazia. Lei è la madre ideale dei figli che non avremo... ma che fingeremo di aspettare. Non posso separarmi da Ortensia, perderei tutto. Mi troverei su una strada. Come lei, senza offesa.»

«Ma io la amo la strada.»

«Io no. Amo la casa. Il nostro sarà un matrimonio virtuale. Ci incontreremo una volta alla settimana in un appartamentino in affitto e lì costruiremo una vita coniugale, fatta di piccoli battibecchi che cementano le vere unioni. Le chiedo solo una cosa: abbandoni il lavoro. Le darò un vitalizio per assecondare le mie piccole aspirazioni. La felicità è una grande aspirazione impossibile da realizzarsi. La finta felicità è una piccola aspirazione. Mia amabile panacea. A proposito. So che lei è stata una valente equilibrista. Si sentirebbe in grado di aspettare ogni mio ritorno...»

"Ci siamo. In tenuta sadomaso" pensò Grazia.

«... In equilibrio su un piede solo nella culla della mia povera bisnonna?»

«È solida?»

«Così non ne fanno più.»
«Ok. È andata Jimmy Boy.»
«Bene, Grazia. Ci dichiaro marito e moglie.»

Erano passati due anni così in fretta da sembrare incollati l'un l'altro. Sesso zero. A parte due casti bacetti sotto il vischio quand'era stato tempo di Natale.

L'unico problema di Jimmy Boy era l'onanismo del dottor Jones che ogni volta terminata la pratica scoppiava a singhiozzare.

Nel tempo libero Rita faceva shopping come ogni vera signora annoiata. Aveva talmente poco da fare che prese a frequentare quelle gattemorte delle sue sorelle e i loro amorfi mariti che parlavano solo di rate, di partite di cricket, per il quale non avevano il fisico, e di mongolfiere che non si sarebbero mai potuti permettere di collaudare.

Sorelle e cognati invidiavano il raggiunto benessere di Rita, fantasticando sulla sua provenienza. Ma sorridevano ai doni. E il piccolo Tommy, figlio di Asma e Gideon applaudì quando ebbe in regalo un piccolo pony. A caval donato...

Quanto alla vecchia madre di Rita, relegata all'istituto Stop Bibendum, riceveva bottiglie di gin sottobanco benedicendo la figliola più o meno così: «Sei l'unica rimasta sul filo. L'orgoglio dei Flamingo. Che Dio ti pari il culo».

Al Flesh and Fresh da due anni l'atmosfera era mesta. Ci si incontrava tra single banali. Gli altri si ubriacavano brindando al ricordo di Grazia, la burattinaia che muoveva i fili dei loro desideri segreti.

«Non ce n'era un'altra come lei» commentava Culone con il suo amico Mosca Cieca.

«Nessun'altra ha la stessa Grazia.»

«Ci ha lasciati peggio che orfani. Dobbiamo ritrovarla.»

«Sarà morta?»

«Mah. La sua vita era appesa a un filo.»

La vita è strana. Basta pensare alla scatola nera, il dispositivo che registra automaticamente su piste magnetiche tutti gli elementi relativi al viaggio di un mezzo di trasporto. Ossia variazioni di velocità e direzione, prestazioni di singoli motori, scambio di informazioni all'interno o all'esterno della cabina di pilotaggio. La scatola nera assume importanza nelle indagini e nelle inchieste giudiziarie.

La vita è strana: la scatola nera in realtà è arancione perché questo colore la rende più facilmente reperibile in caso di incidente. Solo che ai tempi di Grazia la scatola nera si chiamava ancora diario di bordo.

Ogni personaggio di questa storia, anche quello apparentemente meno rilevante, è stato registrato in questa scatola nera. Un tempo la chiamavano il Vaso di Pandora.

La vita è strana. Perché le sorelle e i cognati di Grazia, da lei generosamente foraggiati, anziché provare riconoscenza nei confronti della loro benefattrice erano arrivati a detestarla? Perché persino quella vecchia spugna di sua madre una volta scolatasi le bottiglie di gin inveiva contro l'unica Flamingo che ce l'avesse fatta? E infine, perché Culone e Mosca Cieca, anziché pensare a lei con gratitudine per i momenti piacevoli trascorsi assieme, avevano maturato una sorta di rabbia per il suo abbandono?

La vita non fa schifo. Fanno schifo alcuni che la vivono.

I parenti di Grazia non sapevano dove vivesse da quando aveva lasciato il Flesh and Fresh, né di cosa vivesse. Si recarono al locale che per loro era il suo ultimo domicilio conosciuto. Dopo aver interrogato il taverniere abbordarono due single con le loro stesse pulsioni. Culone e Mosca Cieca.

Fu una conversazione molto interessante.

Rita era stufa. La passione di Jimmy Boy diventava sempre più famelica di incontri. Lui e la sua colla appiccicosa.

Le capitava, passeggiando per Londra, di calpestare escrementi che le restavano appiccicati alle suole. Fastidioso.

Forse era giunta l'ora di finirla. Aveva messo da parte un gruzzolo sufficiente ad aprire una scuola di funambolismo.

Lo comunicò per correttezza a Jimmy Boy.

«Non lasciarmi così mia brina. Il nostro matrimonio è il collante di due solitudini.»

«Mi spiace Jimmy Boy. Ma questa è l'ultima volta che ci vediamo.»

«Ti prego. Lasciami almeno il tempo di abituarmi a questa ferale notizia. Concedimi un altro incontro.»

«Come vuoi Jimmy Boy. Ma sarà davvero l'ultimo.»

Il giorno dopo Grazia imitò il fenicottero col suo aggraziato piedino nella culla. Fece meno fatica del solito a scegliere la posizione ottimale.

Jimmy Boy entrò in scena con il suo: «Grazia. Mi avevi detto che non l'avresti più fatto» reggeva in mano un secchio che appoggiò al pavimento. «Ci sei ricascata. Ma non cascherai più. Resterai qui per sempre con me.»

«Adesso basta, Jimmy Boy, io scendo.»

«Provaci.»

Grazia ci provò. Niente. Si rese conto con orrore che Jimmy Boy aveva incollato l'interno della culla.

«Liberami subito di qui.»

«Impossibile. La mia colla sarà la tua eterna culla.»

Si inginocchiò e involontariamente infilò la mano nel secchio. Aveva già la patta aperta ed era troppo eccitato per trattenersi. Si scappucciò il membro rendendosi conto troppo tardi di essersi incollato la mano al pene. Per sempre.

Grazia dall'alto commentò sprezzante: «Attaccati al cazzo».

Poi irruppero gli altri.

Avevano seguito Rita dall'ultima visita a mammà.

C'erano tutti, tranne quel fesso del nipotino Tommy che era rimasto a giocare col suo pony. Le sorelle e i cognati, Culone, Mosca Cieca e mammà in permesso speciale dallo Stop Bibendum.

«Eccola qui la signorina. Incollata per sempre alle sue responsabilità.»

«Ci hai umiliati con i tuoi regali.»

«Ci hai privato del piacere torturandoci con la tua assenza.»

«Ora devi pagare e non ti basteranno sei bottiglie di gin.»

«Ma io credevo che mi voleste bene.»

«Lo vedrai.»

I maschi scellerati salirono su uno sgabello e alla stessa altezza la violentarono sulla culla. Per far salire Mosca Cieca ci fu bisogno delle sorelle per via della benda. Culone da masochista era diventato sadico, estrasse un rasoio e lo lasciò conficcato nella guancia di Grazia.

La vecchia madre sghignazzava etilicamente.

Grazia era una martire. Da martirologio.

Jimmy Boy era paralizzato dall'orrore, più adesivo di qualsiasi colla.

Culone, appagato, prese congedo: «Possiamo andarcene, ha avuto ciò che si meritava».

Inciampò nel secchio di colla trascinando al suolo come birilli gli altri carnefici allineati. Cercarono disperatamente di rialzarsi ma Jimmy Boy in quanto a colla non lo fregava nessuno.

«Aiuto. Aiuto.»

L'appartamento era in una zona isolata.

Grazia aveva comprensibilmente perso l'equilibrio. Con uno scossone ribaltò la culla.

Mai caduta le fu più gradita. Strisciò con culla annessa al piede prestando attenzione a non entrare nella zona incollata. Estrasse il rasoio dalla propria guancia e tagliò freddamente la gola al parentado e alla clientela.

Jimmy Boy, che di paralizzato aveva solo la mano e il pene, la aiutò a rialzarsi.

«Forse è meglio che ce ne andiamo. Credo sia giunto il momento in cui dedicare le mie ricerche a uno scollante.»

Grazia sorrise e lo perdonò.

Lui trascinò fuori la ragazza con il piede nella culla con l'unico braccio valido.

«Sai una cosa Jimmy Boy?»

«Dimmi mia silfide.»

«Mi ero sempre chiesta cosa significasse camminare sul filo del rasoio.»

Noi Neuroni siamo diffidenti anche nei confronti della culla. La cradle board. *La culla portatile che veniva portata sulle spalle, appesa al cavallo o a un palo all'interno della tenda.*

La culla generalmente veniva usata finché il bambino non compiva un anno. Se il pargolo moriva la culla veniva seppellita con lui. In un'imbottitura fatta di piume, muschio, corteccia di cedro finemente sminuzzata, cotone.

«Io ci sono nato» raccontava Palle di Daino.

«Ma piantala. Questa non è un'usanza né neurone né urone.» Discutemmo a lungo durante la notte. Costringemmo i nostri compagni di falò a fare una votazione. Finì fifty fifty, come quando nel 1906 Santiago Ramon Y Cajal e Camillo Golgi si divisero il premio Nobel per la fisiologia e la medicina. L'argomento d'accettazione di Golgi fu un discorso contro la teoria di Cajal sui neuroni individuali, condita da frecciate contro lo stesso Cajal.

Noi Neuroni e Uroni siamo fatti così. Finita la serata andammo a ballare.

Alice allo specchio e non solo Alice

Alice riusciva sempre a rubare qualcosa alle persone. E in fondo non erano furti, erano offerte. Anche chi credeva di non avere niente da dare, bastava guardasse Alice per diventare ricchissimo e avere ancora molto, sì molto, da dare. Alice non accettava elemosine, per quanto sapesse che certe volte ci voleva più dignità ad accettare l'elemosina che a rifiutarla; le offerte la imbarazzavano così girava le spalle e andandosene a passo di danza dalla vita di un ex ricco, gli rubava ciò che di sé gli aveva donato, lasciandogli in ricordo un ricordo.

Me lo ricordo benissimo. E come facevi a non ricordarti di un essere che aveva sedici anni di vita? Ci vuole tempo per dimenticare. E Alice non era al mondo da abbastanza tempo per essere dimenticata. Aveva gambe lunghe che le servivano per correre incontro alla vita e occhi come macchine fotografiche che scattavano frenetiche istantanee per conservare qualcosa che le servisse più avanti, per rivedere immagini che nella folle corsa che l'allontanava dall'adolescenza non si soffermava a godersi, o a farsi torturare da loro. Aveva capelli che se sciolti le arrivavano al sedere, o forse era il sedere che sorretto dalle gambe in movimento, si ergeva fino alle chiome.

Se voleva, e in qualche caso voleva, che qualcuno si accorgesse del suo sedere raccoglieva i capelli in un cosciente tenero esibizionismo di jeans attillati così stretti da far parte di lei come il suo cuore e le sue bugie. Suo nonno, del resto, un uomo bellissimo, ricchissimo e rimbambitissimo, diceva sempre: "Guardati dalla volpe, dal lupo e dal tasso. Ma soprattutto guardati dalle donne dal culo basso".

Chissà chi lo aveva insegnato a suo nonno? Forse la nonna.

Alice si guardò allo specchio e si disse la prima bugia di quella giornata di dicembre: "Oddio, sono orribile".

Poi si lavò energicamente i denti finché non le sanguinarono le gengive: "Oddio, ho la gengivite".

Si lavò con meticolosa poesia ossessionata dal pensiero di marinai con la piorrea, destinati a lasciare tutti i denti su qualche isola misteriosa. Gli indigeni avrebbero raccolto i denti e ne avrebbero fatto collane da donare alle loro bellissime fidanzate. E ad Alice tornò il sorriso. Si guardò allo specchio e si trovò bellissima. Non mentiva questa volta, bellissima come una ragazza indigena che ha appena ricevuto come pegno una collana di denti di marinaio afflitto da piorrea. Era la figlia del principe dell'isola di Alice, un Paese delle meraviglie in cui non si moriva mai, in cui c'erano uomini, lupi, tassi, ma nessuna "donna col culo basso".

Questa volta mentiva allo specchio. Non era in un'isola. Non era al mare. Era in montagna per le vacanze di Natale. E suo padre non era un principe ma un adorabile cinquantenne che si sentiva sedici anni come lei. Forse per questo la mamma voleva lasciarlo. Come può una donna di quarantacinque anni "dormire" con un sedicenne senza sentirsi una "mamma" o una mangiauomini? Ma la mamma resisteva in un'altra stanza della loro casa di montagna. La mamma era bellissima. Papà molto simpatico. Da grande, Alice sarebbe stata simpaticissima, per evidenziare che aveva preso da papà.

Alice era figlia unica. E ne era felice. Che bisogno aveva di un fratello con cui "giocare" quando c'era già papà? E poi Alice non giocava mai. Mentiva. Come papà. Quello era il loro gioco. Papà le diceva: «Non sei mia figlia, sai, ti abbiamo trovata sotto un cavolo».

«Cavolate» ribadiva Alice.

«Vergogna. Non si dicono parolacce. "Cavolate" non è un'espressione da signorina. Si dice cazzate.»

«Cazzate» diceva Alice, «dal latino *cazzata, cazzatae.*»

«Così mi piaci Alice. L'istruzione è quasi importante quanto la distruzione.»

Poi entrava mamma: «Alice c'è Monica al telefono».

«Rombo» diceva papà.

E papà aveva sempre ragione. Specialmente quando aveva torto.

Rombo al telefono fu come al solito favolosamente scurrile: «Cristis, Alice, cazzo. Dormi ancora, porca merda. Oggi pomeriggio c'è la festa al Birignao e tu sei ancora in maniche di mutande. Guarda che è pieno di figaccioni allampanati che si credono tutti Superman. Ci saranno in giro certe

canne, e non alludo agli spinelli. Oh già, dimenticavo. Tu sei sant'Alice. Non si scopa e lo si dice.»
Rombo riattaccò.

Rombo era la migliore amica di Alice. Parlava sempre di ragazzi con relativi apprezzamenti anatomici... Forse perché suo padre era ginecologo. Rombo, di vero nome si chiamava Monica Antea Dominici.

«Prova a chiamarmi Antea e ti infilo una Zundapp nel culo» diceva Rombo a chi per sfotterla la chiamava col secondo avito nome.

Rombo non era un maschiaccio. Era una femminaccia. Tarchiata, manesca, apparentemente, l'opposto di Alice. In realtà si somigliavano. Volevano tutte e due essere indipendenti, ma erano dipendentissime da un battito di cuore o di ciglia. Alice era una bomba. Rombo era un panzer. Rombo diceva parolacce. Alice le pensava. Rombo fumava come una turca e Alice avrebbe voluto fare, almeno una volta, la danza del ventre. Non si invidiavano. Si apprezzavano.

Rombo apprezzava la bellezza di Alice e la sua sotterranea follia, mentre Alice apprezzava Rombo, il suo turpiloquio salvagente e la sua sotterranea bellezza. Molti credevano che il soprannome di Rombo derivasse da una storpiatura di Rambo, il vecchio eroe del cinema, ormai senza fiato. Invece Rombo derivava dalla figura geometrica omonima. Rombo sembrava un rombo. Era strutturata a forma di rombo. Omonimo ma non anonimo. Rombo era unica. Come Alice.

Fuori la neve! Niente paura, è già fuori ad aspettare di essere ridotta in palle o pupazzi, ad attendere che i piedi protetti da scarponcini ci lascino tracce.

"La neve è pronta a rendersi utile" pensò Alice infilando con un tacco a spillo un intonso cuscino di neve proprio davanti al suo chalet.

«Ti sei messa i doposci?» le gridò la madre.

«Sì» mentì Alice.

In discoteca coi doposci, che idea!, come andare al ballo delle debuttanti in calzoni alla zuava.

"Quando debutterò nel sesso?" si chiese Alice.

"Le statistiche dicono che si comincia a quindici anni, Rombo dice che lei ha cominciato a dodici, ma lei è bugiarda. Come me. Per fare l'amore la prima volta devo essere innamorata" pensò.

La frase le sembrò subito falsa. Bugiarda più di lei. Alice si innamorava una volta alla settimana. Erano sempre amori impossibili. Uomini sposati che somigliavano a papà. Un suo compagno di un corso di danza, orgogliosamente omosessuale senza scadere nella checca. Il suo dentista di famiglia. Che gusto c'è negli amori possibili? Ti fanno piangere solo alla fine.

Ad Alice piaceva piangere tutte le sere. Come le piaceva ridere. Era ancora indecisa se le piacesse più piangere o più ridere. Nel dubbio alternava. C'era tempo per scegliere. Sempre che si potesse scegliere più avanti.

Un giorno però un suo amore impossibile rischiò di diventare un amore possibile. Il dentista, quello che lei amava a bocca aperta.

«Apri di più la bocca, brava, apri, così, no, non così. Ecco, così apri di più.»

Dopo averle otturato qualcosa immediatamente prima di farle un detartage, si era sfilato i calzoni sotto il camice, e le aveva detto: «Alice, sono pazzo di te».

Alice aveva chiuso la bocca delusa. Il dentista dei suoi sogni approfittando del fatto che Alice fosse prigioniera sulla poltrona da dentista, le era zompato a cavalcioni. Un'orrida parodia dell'amore che Alice aveva sognato di ricevere da lui. Il dentista si intendeva di carie. Non si intendeva di Alice. Le aveva proposto il pene turgido dicendole la solita frase: «Apri la bocca».

Alice aveva aperto la bocca. Poi l'aveva chiusa di colpo. Goodbye prepuzio. Era schizzata fuori mentre il dentista apriva, lui la bocca. In un urlo. Alice riusciva sempre a rubare qualcosa alle persone. Che fosse un urlo o un brandello di pene.

L'auto si fermò davanti allo chalet di Alice e il guidatore, un ragazzino col pieno di benzina di brufoli, la fece salire non dimenticando di sbirciare la gonna che si sollevava sulle lunghe gambe.

«Mettiti la cintura.»

Alice obbedì come dal dentista. Odiava le cinture di sicurezza, le impedivano nonostante le lunghe gambe, di correre via.

«Di', hai sentito...?» le disse Mr Brufolo. «In un anno sono sparite quattordici ragazze nella zona.»

«Come, sparite?» Chiese Alice che non accettava l'idea della morte, né il suo antipasto, la sparizione.

«Boh, ci sarà un maniaco. Solo che la zona è stata battuta e nessun cadavere è stato ritrovato.»

«Hanno guardato nei pupazzi di neve?» chiese Alice con un brivido autoprovocandosi.

Brufolo le sbirciò di nuovo le gambe: «Certo che io i maniaci a volte li capisco».

Alice aprì la bocca. Non si aspettava un bacio, era pronta a mordere di nuovo. Rombo aveva i cazzotti.

Lei solo i denti: «Quanti anni avevano le ragazze sparite?».

«Che ti frega, se non è un maniaco sarà la solita tratta delle bianche.»

«Non essere razzista.»

«Senti, e il tuo amico?»

«Che amico?»

«Quel cesso di Rombo.»

«Rombo non è un cesso, idiota, fammi scendere.»

«Ma Alice...»

«Ho detto di farmi scendere. Ti decidi o mi metto a gridare che hai tentato di violentarmi. Pensa i titoli sui giornali: "La quindicesima vittima sfugge a Bobo Cecchini, universitario con la media del diciotto e figlio di papà...".»

"Figlio di puttana" avrebbe detto Rombo.

La discoteca strapiena. Alice ballò. Sola. Le altre sparivano al suo confronto, come erano sparite quattordici ragazze, come si sarebbero sciolti i pupazzi di neve. Alice non sentiva la musica, era la musica a sentire lei. Ad assecondarla. Le luci al neon rendevano Alice ora gialla ora azzurra. Lei aveva un miniabito rosso rosso. I tori ai lati della pista erano pronti a caricarla. Olé. Ma Alice volteggiava pensando a una poesia anonima che le era stata recapitata e per cui aveva pianto e dopo riso. E adesso ballato:

E tu gioisci rondine giocosa.
Gioisci nell'immensa
gioia stellare, luminosa,

nell'immensa pace del perduto senso
volteggiando spiritosa.
Solo se ti guardo. Più non penso.

Alice pensava che la poesia gliel'avesse scritta Giovanni Sebastiano Berrutti, maschera alla Scala. Un Petrarca in un corpo da scaricatore di porto. Volteggiava per lui e per sé in quel momento. Non era innamorata di lui, e di questo si vergognava un po'. Si era innamorata di un dentista satiro e non riusciva ad amare l'ultimo giovane mammuth in forza alla Scala. Una volta tornata a Milano ci avrebbe provato. Almeno per una settimana.

Schivò piroettando ancora un paio di tori e si diresse al bagno delle donne, pericolosamente, eccitantemente vicino al bagno degli uomini. C'era una specchiera lunga come un'autostrada che permetteva alle belle di riassettarsi e alle brutte di mascherarsi. Alice si specchiò e si disse: "Babbo Natale è mio nonno. Gesù Bambino il bambino che avrò".

Era quasi Natale e lei, in fondo, era vergine come la Madonna.

"Oddio, c'è il petting, ma non credo che abbia mai fatto male a nessuno."

Alice tirò verso il basso gli orli del miniabito in un riflesso condizionato di tutte quelle che portano la minigonna.

"Chissà come sarò tra vent'anni? E Rombo? Non avrò la stessa Alice allo specchio. Lo specchio rifletterà un'Alice diversa. Mi dispiace specchio, ma vorrei che tu ti ricordassi di me come sono adesso."

C'era un solo modo: Alice estrasse dalla borsetta un portachiavi d'argento e lo sbatté contro la porzione di specchio a cui aveva diritto nella vita, fino a che lo specchio non si ruppe e un suo dito si arrossò come l'abito. Un'esca per i tori.

Alice suturò alla bell'e meglio la piccola ferita, piccola quanto lei, e rientrò in sala. Un signore grassoccio e sudaticcio le si avvicinò. Stonava in un pomeriggio di teenager non per l'età, ma per l'incapacità di immedesimazione o di mimetizzazione.

«Hei ragazza. Ti piacerebbe fare la fotomodella? Io ho l'occhio clinico, ciumbia; conosco un produttore. Ti piace il cinema?»

«Solo d'essai» rispose Alice divertita.

«Be', sai, io con le mie conoscenze...»

L'uomo non riusciva a staccare gli occhi dal corpo di Alice. Alice non riusciva a staccare gli occhi dagli occhi dell'uomo. Non erano veri occhi, sembravano occhi di vetro in cui era possibile specchiarsi perché resi opachi dal desiderio dell'animale che desidera l'esemplare di un'altra specie.

Rombo arrivò rombando. Squadrò l'uomo e gli disse: «Verme, sì verme, dico a te. Perché invece di rompere i coglioni alla mia amica non scrivi a Babbo Natale una letterina per farti mandare una bambola gonfiabile?».

L'uomo stava per reagire in un mellifluo tentativo di maschilismo quando Alice lo prese per un braccio e gli disse: «Lasciala perdere. Mi fai ballare?».

Rombo fissò Alice perplessa. Alice le strizzò uno dei suoi prodigiosi occhi e trascinò in pista il suo adescatore. Poi cominciò a muoversi irrefrenabile, mentre l'uomo tentava di starle dietro. Alice ballava spettacolosa come sempre e determinata come mai. L'espressione di facile conquista scomparve come sarebbe scomparsa la neve sul pupazzo di carne, che tentava di "star dietro" ai movimenti di Alice. Alice gioiva di rabbia. Il viso del pupazzo divenne rosso, poi pallido. Infine alla mancanza di fiato subentrò un accesso d'asma meritatamente ereditata e l'uomo si accasciò aggrappandosi a un puff. A una certa distanza e con le luci psichedeliche era impossibile stabilire chi dei due fosse il puff.

Alice tornò da Rombo.

«Complimenti Alice, non avrei saputo fare di meglio."

Alice fece spallucce: «Ho anch'io i miei sistemi».

«Devo pisciare Alice, andiamo in bagno.»

Alice seguì Rombo.

«Toh, uno degli specchi è rotto» constatò Rombo. Indossava dei fuseaux strizzatissimi.

«Dammi un parere, Alice. Me li ha regalati un mio amico pompiere. Dice che così lo eccito di più. Come sto?»

«Bene» mentì Alice.

«Balle. Sto alla cazzo di cane. Non mi aspettavo che proprio tu Alice, mi mentissi. Allora, come sto? Secondo me sto uno schifo.»

Alice fu sincera: «Sembri in una muta da sub».

«Vai a fondo tu, che cazzo, sai usare le parole.»

Alice sentenziò romantica: «Be', diciamo che con una veletta nera sembreresti la vedova di un palombaro».

Rombo sorrise. Lei e Alice si specchiarono in un'altra porzione di specchio e per quanto fisicamente diverse, sembravano proprio la stessa persona.

Qualche ora dopo Rombo era un rombo pieno di Cointreau.

«Scusa, Alice. Merda. Non reggo questi liquidi dolci. Sono degli scassapalle che non ho. Vado a vomitare."

Sgomitando Rombo si diresse alla toilette. Era altrettanto spettacolosa di Alice. Alice accettò il suo terzo Cointreau sentendosi ancora più leggera, eterea.

Il barman, un uomo che si distingueva da una melanzana unicamente perché aveva gli occhi le disse: «Alice, se vuoi ti riaccompagno a casa io. Nevica e poi sono scomparse quattordici ragazze».

«Quindici» disse Alice.

«Come quindici? Rombo è in bagno.»

«Non scherzo, Alice. Io con te mi sento come un fratello maggiore. Toh, beviti un quarto Cointreau. Potrei essere il tuo fratello maggiore.»

Alice scolò il Cointreau, grazie a quello riusciva a esternare contemporaneamente i due stati che la caratterizzavano. Le venne da ridere e da piangere insieme. E ci riuscì. Pensava ai Natali, alle Pasque, alle sant'Alice che sarebbero venute comunque. Con o senza lei. Con o senza Rombo. Con o senza papà. Con o senza lacrime.

Melanzana la guardò e disse, per niente fratello maggiore: «Alice sono pazzo di te».

Alice corse in bagno piangendo alla disperata ricerca di Rombo e di uno specchio infranto.

Rombo non c'era era sparita. Un sacco di ragazze si allineavano di fronte alla propria parte di specchio, ma Rombo non c'era. Alice rientrò in sala chiedendo a tutti in cantilenante ossessivo: «Avete visto Rombo?».

Niente. Né Mr Brufolo, né Melanzana, né Pupazzo

di carne l'aiutarono nella ricerca. Rombo era scomparsa. Forse la quindicesima vittima di qualcosa che risucchiava ragazze anche scurrili. Alice tornò in bagno sperando di ritrovarci Rombo che diceva una delle sue frasi tipiche: "In culo a tutti sono qua!". Niente.

I singhiozzi di Alice rimbalzarono sullo specchio. Lo specchio rifletteva Alice e non solo Alice. Lo sconosciuto si materializzò alle sue spalle. Era un uomo sulla trentina. Un mozzicone di sigaro pendulo a un labbro. Due occhi ricchi di tutto. Anche di birra. Alice sussultò. Era lei la sedicesima vittima e lui il suo primo carnefice. L'uomo, il vecchio ragazzo la scrutò. Stava per dire qualcosa. Qualcosa di terribile e definitivo. La parola magica che l'avrebbe fatta sparire come le altre, come Rombo.

Il giovane mostro disse: «Oddio, è la toilette delle signore?!».

"Oddio, dice oddio come me" pensò Alice.

"Perdona la mia presenza, ma sono leggermente sbronzo e, dulcis in fundo, devo fare pipì. Non ho neanche un mazzo di fiori da offrirti per scusarmi. A proposito, scusami, faccio pipì."

Lo sconosciuto sparì dietro una cabina ed ebbe il pudore di aprire il rubinetto dell'acqua prima che Alice sentisse il rumore prodotto dal suo getto di pipì sulla porcellana di un water firmato.

Alice cominciava ad apprezzarlo. Le ricordava papà. Dopo qualche minuto, il cavaliere senza paura uscì con una macchia all'altezza dell'inguine sui jeans.

«Al cuore non si comanda» si giustificò.

Poi, dimenticandosi di Alice, e nessuno mai si dimenticava di Alice in sua presenza, lo sconosciuto si specchiò. Nei frammenti dello specchio rotto.

66

Alice si innamorò così. Esattamente come scoppiava a piangere o a ridere, scoppiò ad amare.

«Come ti chiami?» osò chiedere.

«E tu...?»

«Alice.»

«Bello, mi ricorda un piatto che amo molto: alici marinate.»

«Quanti anni hai?»

«Meno di te di sicuro. Purtroppo soffro di una malattia rarissima che procura un precoce invecchiamento e arresta la maturità.»

«Ti amo» disse Alice.

«Io no, sei troppo vecchia per me.»

Alice lo guardò: «Be', ho quasi diciassette anni».

«Il che vuol dire che ne hai appena compiuti sedici. Bello. Sarebbe bello – sparire – a sedici anni e ritornare dopo un po' sempre a sedici anni. Per vedere se la seconda volta fa lo stesso effetto.»

Alice disse: «Mi dai un bacio?».

«Uno solo?»

«Sì, uno.»

«D'accordo.»

Lo sconosciuto la baciò. Alice a malincuore si ritrasse: «Sono vergine».

«Auguri. Deve essere un po' come avere sedici anni, no?»

Alice era sempre più cotta.

«Senti Koso, la mia amica Rombo è scomparsa. È un metro e sessantacinque con un fisico da lottatore e vestita come un palombaro. Mi daresti una mano a cercarla?»

«Tutto il braccio» disse l'uomo e sparì.

Alice attese per ore senza uscire dal bagno. Ogni tanto entrava qualcuna. La guardava con la coda dell'occhio riflessa in frammenti di specchio e poi se ne andava. Le luci al neon andarono in letargo. Un letargo di un paio d'ore. Poi sarebbero tornate artificialmente baldanzose a cambiare i connotati dei futuri ballerini. Alice era l'ultima persona rimasta in discoteca. Dimenticata, l'indimenticabile, nella toilette per signore.

Tutti erano "scomparsi" come le quattordici, forse quindici, sedici, diciassette, duemila vittime di quell'uomo, di quel posto. O forse era lei l'unica scomparsa e gli altri, comprese le quattordici assodate vittime, erano andati a ballare altrove. Alice si guardò allo specchio e si accorse di non essere più sola. Qualcuno era riflesso nello scampolo di specchio accanto. Alice tremò. Per una volta né pianse, né rise.

"Sei bella. Dovresti sparire" le disse lo specchio accanto.

Alice ci guardò dentro. Non c'erano riflessi né Brufolo, né Melanzana, né lo sconosciuto. C'era solo uno, uno come un altro. Solo che purtroppo non era un altro, era Uno. Quello che aveva fatto sparire quattordici ragazze. Quindici con Rombo. Rombo. Alla paura, in Alice subentrò una rabbia irrefrenabile. Quel coso riflesso aveva fatto sparire Rombo, e Alice senza Rombo non era più una linea retta od obliqua che tendeva all'infinito, ma solo un segmento.

«Ti faccio sparire» annunciò la voce del mostro allo specchio.

«D'accordo, ma prima balliamo.»

Certi mostri allo specchio sono eccitati dai preli-

minari. Quello lo era. Prolungare l'attesa della sparizione di Alice forse, lo eccitava. Alice si scostò dallo
specchio e cominciò a ballare, senza l'ausilio della
musica in quella toilette trasformata in ring. L'essere
la imitò pregustandosela. Alice ballò come non aveva ballato mai. La musica era le parole che le erano
state dette da gente che aveva meritato un suo sorriso o una sua lacrima. Alice ballava piangendo e ri-
dendo. Su frasi che le avevano detto e che le avrebbero detto, e su alcune che addirittura avrebbero
voluto dirle.

Il mostro divenne rosso rosso, poi pallido, infine
asmatico. Tentò una sortita per farla sparire. Ma sparì
lui come risucchiato, nella gola profonda di un water.

Alice rubava sempre qualcosa alle persone, questa volta rubò addirittura una persona. Alice interruppe la danza e uscì come una sonnambula dalla
discoteca. Fuori, lì sulla neve, trovò Rombo e il suo
nuovo sconosciuto amore che, attendendola, dopo
aver giocato a palle di neve, stavano facendo "braccio di ferro".

*Palle di Daino era veramente un cialtrone. La notte
successiva alla discoteca, ci propinò la storia di Alice
contro l'uomo nero spacciandocela per una variante tra
la danza del sole delle tribù delle pianure (con tanto di
autotortura e automortificazione) e la snake dance degli
Hopi.*

*«Cazzo, Palle di Daino sei veramente un cialtrone.
Mischi la danza della pioggia con tanto di serpenti in
bocca con la danza del sole in cui ci si praticano delle
incisioni ai pettorali e ci si appende a un palo con de ca-*

*vicchi assicurati a delle corde. Dimenandosi sfrenata-
mente!»*

*«Me lo dici proprio tu che le uniche manifestazioni ter-
sicoree alle quali assisti sono quelle della lap dance.»*

Aveva ragione come nel caso di...

Lara Avalle suona il cielo

C'è chi suona il banjo, c'è chi suona Tyson. Lara Avalle suonava il cielo. Aveva la musica nel sangue e fortunatamente un aggraziato involucro corporeo a farle da lettore CD. Era nata a Savigliano, il che le aveva regalato un musicalissimo accento piemontese.

Nelle donne gli accenti piemontese e francese sono ormonalmente irresistibili. Su piemontesi e francesi maschi non mi pronuncio. A sei anni si era trasferita a Milano, dove suo padre voleva sfondare come musicista. Nel 1984 Lara passava la notte al compianto Magia di Via Salutati, dove suo padre si esibiva.

Era un posto molto creativo alla faccia della creatività di plastica della Milano da bere. Si beveva molto, però. Quella palestra di artisti vedeva tra gli avventori Francesco Salvi prima del *Drive In*, Franz Di Cioccio dopo aver salutato la PFM, Cristiano De André dopo aver brindato con vodka alla salute del padre e lo scrittore Andrea G. Pinketts, che allora non era nessuno tranne che per la propria autostima. Allora i locali con musica dal vivo chiudevano alle sei. Lara Avalle andava a letto alle sei: alle otto era a scuola, fresca come un Guns'n Roses.

Ora di anni ne aveva ventiquattro e lavorava come assistente di Minimum Mescia, un ardimentoso produttore musicale di non eccelsa statura, ma di grande statura morale. Una barbetta diabolica sottolineava degli occhi in cui la luce dell'intelligenza aveva una sua sonorità. Milano"oscillamenti" funk della Borsa, per non parlare del *bhangra pop* dei piatti lavati nei ristoranti indopakistani di recente apertura.

Milano è una città che, come dice Aretha Franklin, comincia ad avere *Respect* per il suono multirazziale di etnie il cui tam-tam suona come tram su rotaie. Minimum e Lara giravano per locali in cerca di nuovi talenti. Una sera erano al Barrio's, il locale voluto da don Gino Rigoldi, un prete con un grande soul per vivacizzare la periferia della Barona dalla morte civile della droga. Un bellimbusto si era avvicinato a Lara e per tacchinarla le aveva chiesto: «Tu cosa suoni?».

«Lei suona il cielo» era intervenuto Minimum. Vero.

Lara quando sorrideva, era *La canzone del sole*, da imbronciata *Stormy Weather*, da arrabbiata *Late For The Sky* di Jackson Brown.

Il Pifferaio cercava nuove vittime. Non era un serial killer, ma un killer al servizio del potere stonato. Girava per locali, entrava nei bagni sempre affollati: dove si suona e si beve birra e alla toilette c'è sempre coda. Il Pifferaio aspettava che una malcapitata dovesse svuotarsi dopo che il bagno si era svuotato e attaccava col suo strumento a fiato. Il suono acuto non ammazzava nessuno, ma era ipnotico. Dal giorno dopo, le vittime cambiavano vita. Smettevano di bere, di ascoltare jazz, di uscire la sera e passavano il resto della vita a rimbambirsi davanti alla TV, maledicendo gli extracomunitari.

Una sera, al Trottoir, il Pifferaio aveva incontrato Lara.

«Vuoi che suoni qualcosa?»

«No, grazie, non m'importa un piffero.»

Quell'uomo, senza essere Rossana Casale, le dava i *Brividi*. Il Pifferaio decise che prima o poi sarebbe stata sua. E non per farne, come il Pifferaio Magico, una topa d'appartamento, utilissima al potere stonato. Ma per orgoglio professionale. Cominciò a pedinarla.

Lara ogni due o tre mesi cambiava appartamento. A causa dei prezzi finiva sempre in luoghi poco consigliabili per picnic notturni. Da Quarto Oggiaro fino alla fine di Fulvio Testi. Attualmente risiedeva in Via Brunelleschi, di fronte a un inquietante cavalcavia. Di fianco a lei il Fortino, una città nella città che cominciava in Via Bruzzesi, un agglomerato di panni stesi e muri scrostati al cui interno la polizia non metteva piede. Eppure c'erano anche brave persone. Lara camminava rapidissima per evitare brutti incontri. Aveva le ali ai piedi. Gli sfaccendati se la mangiavano con gli occhi, accompagnandola con un coretto *doowop* di apprezzamenti pesanti.

La polizia non sapeva nulla del Pifferaio. Non essendoci cadaveri né sparizioni, tranne che dai locali, erano all'oscuro della sua esistenza. I musicisti, gli artisti, i fruitori della vita della notte dai mille suoni sì.

Qualcuno riteneva fosse una leggenda metropolitana. Ma i veri nottambuli, essendo sensibili, erano spesso sensitivi. Minimum e Lara percepivano il pericolo che quel collezionista di normalità, quel procacciatore di telespettatori amorfi poteva rappresentare per loro.

Lara sentiva di essere seguita. Anche i passi hanno un suono. Aveva passato la serata con Minimum, come da copione segretamente innamorato di lei, al Fanfula di Ripa Ticinese. C'era un pianoforte a disposizione del pubblico, grazie al quale Matteo, un pugliese baffuto più furbo di Jovanotti, dava l'illusione a tutti di essere dei virtuosi. Quella sera c'era anche Kim Arena dei Passengers, un gruppo che aveva spopolato negli anni Ottanta, che le aveva fatto due dita di corte. Lui sì che era bravo. Ma l'industria discografica non perdona.

Kim sembrava caraibico, ma era siciliano e come tale galante ben oltre lo Stretto di Messina. Lara gli aveva dato buca. Minimum si era ingelosito come al solito. Dai Navigli a casa Lara se l'era fatta a piedi. Il Pifferaio l'aspettava in Via Brunelleschi.

«Stavolta suono per te.»

«Col piffero!»

Lara si era data alla fuga. I ragazzi del Fortino coprirono con la babele di lingue la sua richiesta di aiuto, ma anche, fortunatamente, il suono del piffero. Lara salì al volo sul tram 14, schivando il suo persecutore. Si trovò in Piazza Duomo. Un grande bivacco, una Woodstock a volte silenziosa. La batteria del cellulare era scarica. Calpestò qualche madonna di madonnaro. Si sentì improvvisamente spaesata.

Rimpianse il suo Piemonte e persino i Mau Mau di *Bass Paradis*, suoi conterranei. Il Pifferaio le si parò davanti, l'aveva seguita con un taxi da Piazza Frattini. Lara cominciò a piangere. Cominciò a piovere: lei suonava il cielo.

«Adesso sei mia.»

«Col piffero.»

A parlare non era stata lei ma Minimum, che per dimenticare un amore non corrisposto si stava sbronzando sul sagrato con un gruppo di senegalesi e filippini assortiti. Caricarono il Pifferaio di botte. Lara gli ruppe il piffero in testa. Era un piffero magico. Unico e irrepetibile. Senza quello il killer era definitivamente inoffensivo.

Lara Avalle alzò gli occhi al cielo per ringraziare. Non avrebbe mai più calpestato le madonne dei madonnari col suo passo svelto. Cercò con lo sguardo la Madonnina per un secondo ringraziamento. Si sentì un po' blasfema, ma al posto della Madonnina in cima al Duomo, suonava una jazz band.

La storia è più o meno la stessa, ma stavolta è un'altra storia. Un'altra musica. A noi Neuroni la musica piace più ascoltarla che ballarla. Come Lara Avalle.

Siamo d'accordo col poeta Algernon Swinburne: "Simili al fuoco sono le tenebre che lampeggiano tra le tenebre del suono".

Il nostro uomo nero, giacca blu, in calzoni alla zuava, lo affrontiamo così. Associamo suono e luce. Siamo più colti degli Uroni, come quel buffone di Palle di Daino, che si spaccia per Fred Astaire. Difendiamo una musica multisensoriale. Senza. Ballare. Seduti al bar. Come Toro Seduto.

Racconta il filosofo John Locke, secondo solo a John Lennon, come un cieco, che un giorno si era vantato di aver capito il significato della parola "scarlatto", avesse replicato all'amico che gli chiedeva di spiegarglielo: "È come un suono di tromba".

Noi Pellerossa del cervello siamo cromaticamente scarlatti. Specie se abbiamo un po' bevuto. Ma la musica è arrivata dal trombettiere del settimo cavalleggeri. Giacche blu. Con il progresso...

Carwashing di coscienza

Ho un amico che si chiama Alpha. Si fa chiamare Alpha. Forse perché nel suo genere è un numero uno. Il suo genere è la ristorazione. Il suo sottogenere l'intrattenimento. Alpha, un bel negrone ivoriano serve Negroni nel suo locale che si chiama Sud all'inizio di Via Solferino.

Io tutte le volte che lo vedo, dandogli una manata sulle spalle da demolire una Taurus, lo saluto: «Ciao Alphasud», forse è per questo che un giorno mi ha raccontato di aver comprato alla fiera di Senigallia un'autoradio di ultima mano che conteneva una cassetta compresa nel prezzo del furto.

«Per uno come te, che scrive storie di mistero, la cassetta è una bomba.»

«Vuoi dire che se l'ascolto, dopo una settimana esplodo come in un film giapponese?»

«No, voglio dire che ha un contenuto esplosivo.»

Gliel'ho comprata al prezzo di un'autoradio nuova di pacca. Ne è valsa la pena. Questo è il testo.

«Mi presento: sono l'anima del metallo urlante. A volte grido di dolore, a volte ululo di piacere. Voi non credete alla reincarnazione? Neanch'io. Ma sono l'esempio assoluto di "reinmetallizzazione". Sono l'anima migliore trasmigrata da chissà dove in un'automobile. E lì mi sono specializzato. Sono, in sostanza, uno spirito guida da scuola guida. Ho cominciato la mia carriera nel 1769 quando un ingegnere militare francese ha ideato e costruito un mezzo semovente alimentato da un motore bicilindrico a vapore di 5000 cc che movimentava un carro di quattro, cinque tonnellate. Mi sono tuffato a pesce nel "Carro di Cugnot".

Il primo esemplare è andato distrutto in sede di collaudo, schiantandosi contro un muro. Cugnot, come tutti i geni, era bipolare: un illuminato nella creazione, un coglione nei freni di bordo. Anni dopo, saltando di palo in pista, ho partecipato alla Parigi Rouen del 1894 insieme a altri novantanove spiriti esemplari: ho frequentato Benz di cui sono depositario della relazione clandestina con la sua domestica Mercedes. Nel 1899 il primo luglio, per colpa di un altro ufficiale, stavolta di Villar Perosa, sono stato costretto a lavorare in fabbrica. A essere lavorato in fabbrica.

La Fiat aveva il fiatone volendo stringere i tempi per conquistare una grossa fetta del nuovo mercato. Tra il 1890 e il 1899 sono stato costretto a trasmigrare nella prima effettiva vettura della casa. Si chiamava, mi ricordo come se fossi ieri sera e non avessi bevuto, "3, 1/2 HP" poco più di una carrozza a cui mancavano i cavalli. Per fortuna c'erano gli Agnelli. Il resto è storia. Storia mia.

Sono entrato in utilitarie rendendomi utile per dare loro una certa personalità. Sono finito nei fumetti con Michel Vaillant. Ma lì ero di carta. E io sono sempre stato un tipo da metallo. Me la sono anche spassata sulle Aston Martin di James Bond. Ho partecipato da terzo incomodo ad amplessi scomodi sulle 500 che erano meglio dell'erba bagnata della camporella e di squallidi alberghi a ore... Noi andavamo a chilometri. Ho visto il sangue dei piloti di qualsiasi formula che sono morti con me tra le mie lamiere. Ma in quel caso, anche se avessi voluto asciugarmi le lacrime col tergicristallo, ho sempre pensato che fosse un rischio calcolato. Poi è cambiato tutto.

Il sangue e il destino della mia errabonda esistenza mi sono scoppiati addosso come un motore a scoppio. E non mi è piaciuto, per Diesel. La prima volta è stato il 15 settembre 1974 a Borgo San Lorenzo. Ero entrato in una 127 dove due ragazzi stavano esplorando le proprie reciproche intimità. Mi hanno sparato contro dieci volte: Pasquale, il guidatore è stato colpito con sei colpi di arma da fuoco, poi pugnalato due volte al torace. Stefania, la sua fidanzata, colpita da quattro colpi, è stata portata fuori dal mio abitacolo e qualcuno ne ha fatto scempio. Da allora in poi sono stato perseguitato.

Nell'81 ero "dentro" una Fiat Ritmo color rame targata Firenze in località Mosciano di Scandicci e altri otto colpi hanno devastato una storia d'amore e i miei finestrini... E quello che segue. E quello che ne segue. Ho visto l'orrore. E mi ha fatto schifo. Mi sono indignato, commosso e arrabbiato. Spero che le vittime si reincarnino in altri esseri umani anziché reinmetallizzarsi come è capitato a me.

La memoria di un uomo è più breve di quella di una macchina. Eppure ci sono stati momenti felici. Quando ero in una Dune Buggy con Bud Spencer e

Terence Hill ci siamo persino divertiti dopo una scaz-
zottata preceduta da una sfida (loro) a base di birra e
salsicce. Quando ero una Torpedo Blu, ho gioito can-
tando con Giorgio Gaber *Vengo a prenderti stasera*...

Coi delitti del mostro di Firenze credevo di aver
toccato il fondo, di essere stato vittima e testimone di
qualcosa di atroce. Mi sbagliavo.

Dal 19 giugno 1987 sono diventato assassino. Sono
trasmigrato in una Uno Bianca. E in tutte le altre auto
che i fratelli Savi e company hanno utilizzato per i loro eccidi. Probabilmente pilotati. Sicuramente pilotati
da me. Io, inconsapevole spirito e anima del metallo
urlante, ho assistito a omicidi compiuti da poliziotti
deviati. E meno male che non ero una volante. Zingari, carabinieri, commercianti, fattorini, elettrauti, pensionati... E chi più ne ha più non ne metta. Mi sembravano già abbastanza così. È per questo che qui mi
dimetto da auto-spirito.

Non so se le mie dimissioni saranno accettate. Per
la maggior parte sono auto buone e guidate da brave
persone. Io comunque mi faccio rottamare.

Tornerò, presumo, con buone notizie sulle vostre
autostrade, sulle vostre strade, nei nostri vicoli. Non
del tutto onesto perché, a volte, in doppia fila. Ma vivo. Come un'anima. E vivo come uno spirito. Noi
anime e spiriti non abbiamo sesso. Io, che sono stato
il Carro di Cugnot, in realtà sì. Sono di sesso maschile. E a proposito... mi chiamo Guido!

Cavallo Pazzo, il cui nome dakota era Ta-Shunkawitko e
che da giovane veniva soprannominato Curly, il ricciolone,
come un Diego Abatantuono prima maniera, sconfisse Cu-

ster, detto capelli gialli o più confidenzialmente "'o fetentone". Il suo nome reale significava approssimativamente: "L'uomo che ha visto passare un cavallo gagliardo".

Il cavallino della Ferrari, un'automobile rossa come lui. Fu un pilota contro una macchina da guerra scatenatagli contro. Dicono che avesse gli occhi azzurri intonati alle giacche blu. Aveva una passione per la musica come Lara Avalle. Fu il vero trascinatore di un'alleanza di tribù, che noi definiremmo rete neurale. Che in fondo, come spero abbiate già capito, sono la stessa cosa.

Palle di Daino aveva per lui una vera e propria venerazione. La stessa che io provavo per l'ippotalamo, il cavallo pazzo dell'ipotalamo. Inspiegabilmente il talamo. (Letto dal greco.) Il luogo in cui gli emisferi cerebrali si riposano confortevolmente per me è sempre stato un campo di battaglia. Un little big horn in cui continuo a vincere pur sapendo che ne uscirò sconfitto. Dalla guerra. Intendo. Ma non dalla battaglia.

Palle di Daino insiste col progresso. Con le Ferrari. Ha voluto il progresso e l'ha pagata. Lui che credeva di essere così avanti è stato travolto dalla carica dei 68.

La carica dei 68

«Io nel '68 non c'ero e se c'ero dormivo... morivo... sognavo... forse.»

«Io nel '68 non c'ero ma ho visto *Sapore di mare* dei fratelli Vanzina che nel '68 c'erano anche se stavano tutto il giorno in spiaggia.»

«Io nel '68 non c'ero ma seguo sempre Red Ronnie (ci sarà un motivo se si tinge i capelli di rosso) e una volta in centro ho incontrato Edoardo Vianello. Non lo facevo così basso.»

«Io nel '68 non c'ero ma sono stato al funerale di Camilla Cederna nel dicembre del '97 e del mio amico Pietro Valpreda nel 2002. Vado a tutti i funerali della gente che è stata in televisione. Generalmente, anche ai funerali c'è la tivù e spero sempre che qualcuno mi noti anche se, per essere sincero, preferirei fare del cinema.»

«Io nel '68 non c'ero ma esco con Beth, una ragazza da urlo, e mica di Munch, che è nata nel '68 sotto il segno del Cancro.»

«Io nel '68 non c'ero. Ma dall'inizio. Sono nato il 31 dicembre.»

Il Sessantotto nel '68 c'era. E anche dopo. È sempre stato un tipo coriaceo.

Sabato 7 febbraio 1998

Marzio Anco è seduto a un tavolo del bar tabacchi Socrate accanto alla Statale. È un bell'uomo senza essere un uomo bello.

Le ragazze che si anaconda, si pitona, si sifona all'uscita dell'università lo trovano irresistibile. E particolare. Probabilmente a causa di un particolare: Marzio ha un occhio verde e l'altro blu. I capelli sono bianchi nonostante abbia "solo" (dice lui) trentasette anni. Tutto a causa di un incidente.

A quattordici anni è caduto da un'ovovia. E non sapeva volare. Fortunatamente è volato un metro più in basso dove la neve gli ha fatto da materasso. A pochi metri dal baratro, un elicottero lo ha tratto in salvo ma da allora, nonostante odi la neve, i suoi capelli ne hanno adottato il colore. C'è una giustizia poetica in ciò o forse è un'ingiustizia? Vedete voi. Nella mezz'ora d'attesa del suo salvataggio, immobile come se fosse già morto, per non scivolare nell'abisso, Marzio ha esaurito tutte la sue scorte di paura. Da allora non teme più nulla. Anzi. Non c'è bisogno della dottoressa B, la psicoterapeuta di Andrea G. Pinketts, il celebre scrittore, per spiegare perché ha deciso di fare del pericolo il proprio mestiere nel senso di business. Marzio Anco, che deve il nome a suo padre, un coglione appassionato di storia romana, organizza giochi di ruolo molto particolari. Molto pericolosi. Suo padre Tullio gli è sempre stato ostile. E anche in questo caso è utile la consulenza della dottoressa B per capire perché Marzio sia diventato un bad guy, uno che prende a calci gli stinchi dei santi. Marzio è uno spacciatore di forti emozioni. Si è laureato a pieni voti proprio alla Statale e volendo potrebbe insegnare storia, per la quale ha un debole, in qualsiasi liceo a cinque stelle. Solo che non è molto redditizio. Così il prof Anco si è scelto una clientela particolare: giovani debosciati figli di papà e mammà (ma i "papi" sono quelli con i portafogli gonfi di carte di credito), che combattono la noia da quando l'hanno eletto loro guru e vaffanguro.

È cominciato tutto un paio d'anni fa, a una festa in Via Madonnina, in una casa della madonna. L'atmosfera stagnava, i tappeti persiani erano una palude di sbadigli intarsiati, "che palle" la frase più ricorrente. Solo i Take That sembravano allegri. Ma loro erano in un CD. A Marzio Anco è venuta un'idea e infatti ha detto: «Mi è venuta un'idea. Giochiamo al ratto delle Sabine».

«Che palle.»

«No, ascoltate. Chi di voi conosce una Sabina?»

«Sabina Ciuffini. Mitica valletta di Mike Bongiorno, un uomo, che ha lasciato un'impronta sulla televisione limitandosi ad accenderla.»

«Macché. Una più abbordabile. Una vostra amica o conoscente.»

«Sabina Malgnaghi.»

«Sabina La Pelli.»

«Sabina Moretti.»

«Sabina Finzi.»

«Sabina Gervasotti ma è di Udine.»

«Scartata. Gente di Milano o al massimo dell'hinterland.»

Ne vennero fuori un paio di rintracciabili alle dieci di sera.

«Bene, chiamatele e avvertitele che andate a prenderle.»

«Sabina Moretti mi muore dietro ma che palle, è una tale palla. Figurati che è vergine» disse Giangaleazzo, una grandissima testa di cazzo. Che però non aveva tutti i torti.

«Meglio così. Lo sarà ancora per poco.»

Nel 1968 in primavera ci fu una sollevazione di studenti nella Germania Federale, un paese a sviluppo capitalistico molto avanzato. Quando Rudi Dutschke il profeta della Wirkende Utopie, "l'utopia operante", fu ferito a revolverate da un nazista, gli studenti tedeschi presero d'assedio in diverse città i palazzi dell'editore Springer i cui giornali operavano una campagna di denigrazione antistudentesca.

Sabina Moretti aspettava Giangaleazzo sotto casa. Fu "prelevata" da quattro individui col volto occultato da collant e ripetutamente violentata, dopo un incontro ravvicinato con un tampone al gusto di cloroformio, da quindici persone tre delle quali erano di sesso femminile. Bottiglie al posto del fallo. Bottiglie di Gattinara del '68. Ottima annata per i vini. Se la cavò. E così fu pure per Giangaleazzo che aveva quattordici testimoni disposti a spergiurare che «all'ultimo momento ha deciso di non andare a prenderla. Stava perdendo a backgammon. E lui quando gioca a backgammon perde la cognizione del tempo». Come me. Come capita a me.

Il padre di Giangaleazzo, un'emerita testa di cazzo, era uno tra i più togati avvocati della città. Tra i suoi clienti Re Mida e gli eredi di Rex Harrison. Quando il

gioco si fa sporco i bastardi fanno il bagno nel petro-
lio. E Marzio Anco si era reso conto di poterci lucrare
su. I quindici divennero cinquanta, poi cento perché
basta spargere discretamente la voce per trovare dei
giocherelloni annoiati, disposti a giocare alla Storia.
Giocavano in tutta Italia. Quando il tema scelto da
Marzio fu la Rupe Tarpea, gettarono un focomelico, il
fratello di Giangaleazzo, dalla montagnetta di San Si-
ro. Se la cavò anche lui. Quando giocarono al Sacco di
Roma, caricarono un travestito di Centocelle, lo infila-
rono in un sacco e lo lasciarono cadere dal lungoteve-
re a metà gennaio. Se la cavò. Sapeva nuotare. E il sacco l'aveva chiuso quell'impagabile testa di cazzo di
Giangaleazzo che non sapeva nemmeno allacciarsi le
scarpe e infatti calzava solo mocassini, come le sorellastre di Cenerentola. Ma adesso è il 7 febbraio del
1998 e Marzio è quasi annoiato quanto i suoi clienti
mentre con gli occhi, uno verde l'altro azzurro, con-
templa un'acqua tonica che non ha nessuna voglia di
bere. Sta aspettando quell'innegabile testa di cazzo di
Giangaleazzo. Negli ultimi tempi Giangaleazzo si è
fatto meno rispettoso. Sì, scuce il grano, paga le spese
e gli extra con una generosa seppur interessata collet-
ta, ma non è più così arrendevole come ai bei tempi
dei Take That. In milanese si dice: "Ciapa su". Giangaleazzo sta alzando il prepuzio, la cresta della sua
notoria testa di cazzo. Marzio Anco si sta rompendo i
coglioni. Ne ha due anche se non sono di colore diverso. Una biondina alla sua destra gli fissa l'occhio
azzurro dopo aver sollevato lo sguardo da un testo di
Seneca. Una moretta a sinistra l'occhio verde, aiutata
nell'esplorazione dagli occhiali da vista.

A Nanterre, periferia di Parigi, il regno delle bidonville che ospita le università avanti rispetto ai tempi, di quelle che senza saperlo avevano fatto il loro tempo, nel '68 nasce il movimento 22 Marzo, nato, pensa un po', il 22 marzo quando gli studenti occupano il rettorato per protestare contro la guerra in Vietnam. Di lì a poco si trasferiranno alla Sorbona. Cuore del Quartiere Latino. Sangre caliente.

Marzio si rammarica di essersi già rotto i coglioni visto che ne ha solo due. Se si escludono i cento adepti, uno dei quali si sta rivelando ingovernabile. Gli piacerebbe che fosse primavera inoltrata, non dico il Maggio francese, ma il periodo in cui ogni giorno sui tavolini all'aperto del bar Socrate si festeggiano fresche lauree. Lui di solito in quel periodo si piazza lì e ascolta sempre le stesse frasi, bagnate di spumante: «Complimenti dottore», «Congratulazioni dottoressa». Sono i parenti e gli amici del neolaureato, generalmente vestito di blu, che inconsapevolmente celebrano un rituale pagano. Siamo alla Statale. Mica alla Cattolica. Il prof Anco si accende l'ennesima Merit ripensando ai propri meriti. In fondo suo padre Tullio dovrebbe essere orgoglioso di lui. Prima del gioco costringe i cento, i cento uno contando se stesso, a una full immersion di approfondimento sul periodo storico evocato nel Death Game. "Volli" è il motto che scandisce ogni ludo. Un esame universitario preparato con eccessiva fretta.

Nel '64 negli Stati Uniti la parola d'ordine giovanile è *We won't go*, "non vogliamo andarci". Il primo febbraio 1968 l'offensiva del Tet (Capodanno lunare da tradizione buddista) congiunge idealmente il popolo vietnamita al movimento di trasformazione e mobilitazione degli studenti, che avrebbe figliato un melting-pot operaio e sindacale persino in Italia nell'"autunno caldo del '69."

Nel luglio del '68 a Rio di Janeiro gli studenti fanno a botte per dieci giorni con la pula locale. Le ragazze di Ipanema si incazzano, altro che tanga. A Città del Messico due vincitori delle Olimpiadi alzano il pugno chiuso durante la premiazione. E sono pugni neri. Anche se coperti da guanti. E in Giappone gli studenti si confederano negli Zengakuren, non chiedetemi di tradurlo, disposti a combattere con le arti marziali, quelle di Marzio, la polizia che protegge l'ambasciata americana.

Ne ho dimenticato qualcuno? Può darsi, perché c'erano tutti.

Marzio era diventato più pericoloso ma anche più pericolante. Il primo morto, quindi il primo a non essersela cavata, risaliva a qualche mese prima. Marzio Anco aveva organizzato una chiamiamola "gita" a Praga. Il tema: la defenestrazione di Praga. La crème della Carica dei 101, i vecchi quindici eletti avevano affittato una prostituta tossicodipendente e in un cantiere dismesso la ragazza, una bionda scialba come uno shampoo acquistato da un venditore porta a porta, era volata fuori dalla finestra. Ci avevano preso tutti gusto. Un gusto del cazzo. Alla Giangaleazzo. Che ancora non si faceva vivo. Se corteggi l'estremo, quando ti si concede diventa simbiotico.

Nel marzo del '68 a Varsavia divampa la ribellione studentesca, che rivendica l'indipendenza nazionale dall'URSS.

In Irlanda Bernadette Devlin diventa la Giovanna D'Arco dell'Irlanda del Nord. A sud sono cazzi loro. Mezzanotte. La mezzanotte di Praga tra il 20 e il 21 agosto non è l'ora delle streghe ma dei carri armati, uniti sovieticamente, che con i cingoli estirpano i fiori della primavera. Ma il '68, ve l'ho già detto, è un tipo coriaceo.

Proprio grazie a un fuggevole pensiero sulla primavera di Praga, a Marzio Anco è venuto in mente il '68. Quello italiano. Quello forse, probabilmente, sicuramente fallito, celebrato solo dai reduci incalliti tra illusione e disillusione. Quelli con la barba che è diventata grigia e che fanno due palle così a chiunque raccontino la propria storia personale edulcorata dal ricordo. La defenestrazione di Praga... la primavera di Praga... Associazione di idee che hanno spinto Marzio Anco a scegliere come tema il '68. E a organizzarsi in questo senso. Ciò che è avvenuto in Italia poco conta. Lui in fondo aveva sette anni. Ma da quel fottuto storico che è, ne ricorda bene alcune conseguenze. Quando le uova lanciate all'impellicciato pubblico della Scala erano diventate molotov. Nel '75 o giù di lì.

Il '68 era fallito nel momento in cui aveva marciato. Inevitabilmente al passo dell'oca dei settari e al gioco dell'oca di chi lo aveva strumentalizzato considerandolo poco più di un'ocarina.

Ma Marzio aspetta Giangaleazzo. Quella squisita testa di cazzo, e io che sono diventato anarchico, sempre come narratore, mi sono tolto le Barrows, scarpe a punta, e cammino a piedi nudi. Non avendo dimenticato che eravamo tutti dalla parte giusta, ognuno dalla parte sbagliata. Perché definirli scalmanati unicamente perché avevano perso la calma per ragioni diverse ma simili, forse?

Giangaleazzo, questo reader's digest testa di cazzo, sino a un paio di giochi fa non si sarebbe mai permesso di arrivare in ritardo. Ma il tempo delle mele forse è fallito. Come diceva Guglielmo Tell. E ogniqualvolta un figlio si toglie la mela di testa perché si è stufato di fare il bersaglio, un piccolo '68 è già in atto. Certo c'è il rischio che il padre arciere miri direttamente alla testa. Ma è un rischio che il figlio di Guglielmo Tell, certo Gigi, ha sentito la necessità di correre. Peccato che da adulto si sia dato all'illusionismo e la sua specialità sia "la donna segata in due". Le colpe dei padri ricadono anche sul non parentado. Giangaleazzo, questa encomiabile testa di cazzo, entra nel bar Socrate. Indossa un cappotto di cammello. E somiglia vagamente a un dromedario. L'alta statura è sprecata perché sta sempre un po' curvo come se gli fosse caduto un doblone. Come se avesse la gobba.

Marzio è seccato, infastidito da una palpabile supponenza che il suo principale cliente manifesta platealmente guardando le ragazze prima di guardare lui.

«Siediti.»

«Con comodo.»

«Ti vedo diverso.»

«Si cambia. Te ne accorgerai anche tu.»

Insubordinazione palese già annunciata.

«Vengo al sodo. Per il gioco di sabato prossimo mi sono ispirato al '68.»

«Che palle.»

«Aspetta a dirlo. Me ne frego del '68 in sé. Penso piuttosto ad alcune sue conseguenze nel '69.»

Giangaleazzo, questa scettica testa di cazzo, ha un atteggiamento canzonatorio.

«Non vorrai proporci di mettere bombe in Piazza Fontana o di gettare anarchici dalla finestra? L'abbiamo già fatto a Praga. Anche se era una mignotta. Stai diventando ripetitivo.»

«E tu irriverente. Lasciami finire. Penso al '75. Sergio Ramelli ammazzato a destra, Claudio Varalli a sinistra. Uno pari. Non penso alla strategia della tensione, penso all'eskimo contro il loden, penso allo scontro diretto...»

«Tu pensi troppo. Te l'ho detto, sei diventato ripetitivo.»

«... non raccolgo, e poi ricordati che quando qualcuno ti dice due volte che sei ripetitivo si sta ripetendo.»

Marzio estrae da una ventiquattrore un centinaio di striminziti fascicoli.

«Questa è la documentazione per i ragazzi. Ho privilegiato i fatti alle motivazioni. All'abbigliamento dovrai provvedere personalmente. Barrows a punta per quelli che fanno i Sanbabilini, Clark's per gli altri.»

«Mi deludi. Vuoi che ci diamo una manica di botte giocando agli opposti estremi? È più triste del Carnevale di Viareggio. E per quello che ti paghiamo potevi fare di meglio.»

Marzio sorride. Sa di essere sul punto di stupire, di

riconquistarsi il rispetto di quella refrattaria testa di cazzo di Giangaleazzo.

"Senti Gian." "Dimmi Ric." Il riferimento riguarda una coppia di comici sbaraccati che esordirono in tivù nel '68 nel programma pomeridiano *Quelli della domenica*. C'era pure Paolo Villaggio. Anche se Marzio preferiva la bellezza esotica di Lara Saint-Paul.

«Caro Gian già la scorsa volta ti sei lamentato del fatto che i miei giochi sono meno estremi. Mi hai detto che le pedine che utilizzo, le vittime insomma, sono poco exciting. Bene, stavolta sarete voi a impersonarle...»

Il cliente a malincuore si sta incuriosendo.

«Ascoltami bene Gian. Due schieramenti. Fascisti contro cinesi. Rayban azzurri contro occhiali da vista. Ti costerà un po' di più. Grazie ad alcuni miei agganci nella mafia dell'ATM sono riuscito a impadronirmi di due autobus. Indovina di che linea? Te lo dico io. 68. Due 68, carichi di finti fasci e finti cinesi destinati a scontrarsi a folle velocità. L'autista che rifiuta lo scontro perde. Puoi rifarti del mio onorario piazzandoci delle scommesse. Ho superaro il '68 ispirandomi anche alle stragi del sabato sera discotecaro. Conditio sine qua non, i guidatori devono essere impasticcati, né più né meno dei passeggeri. Commenti?»

«Grande.»

Giangaleazzo, quella pentita testa di cazzo, è entusiasta. Fissa l'occhio verde e quello blu di Marzio come rapito dal suo progetto. Che capacità di sintesi. Il '68 è solo un autobus.

Sabato 14 febbraio. San Valentino

Il massacro di San Valentino. Quando gli accoliti di Al Capone hanno mitragliato la concorrenza, non senza essersi travestiti, anche loro. Però da poliziotti. Marzio è soddisfatto. L'appuntamento è a Bagnarola di Budrio, una frazione di Budrio, in Emilia. Dove non esistono coltelli abbastanza affilati per tagliare la nebbia. Un 68 ospita quelli in eskimo. Cinquanta. Un altro quelli in loden. Cinquanta anche loro. Marzio sfoggia un Montgomery tanto per essere super partes. Si è già intascato i suoi cento dobloni. Uno per partecipante. Neanche caro per un massacro. Se nessuno di quei coglioni degli autisti cederà, sa di essere destinato a perdere un bel po' di clienti. Del resto è stufo di questa vita. E ha già il grano sufficiente per pubblicare a spese proprie una biografia non autorizzata di suo padre Tullio Ostilio, quel figlio di puttana. Sua nonna. Ma la Storia è fatta di imprevisti. Gian Galeazzo, quella imprevedibile testa di cazzo, imbolsito nell'eskimo gli dice: «Stavolta c'è una variante».

«Ossia?»

«Partecipi anche tu.»

«Non se ne parla nemmeno.»

«Infatti. Non se ne parla. Si fa. Sino a oggi ti sei limitato a fare il regista. Ci hai permesso di stuprare, ammazzare, giocare con le vite altrui, da spettatore. Ma questa sera sarai sul mio 68.»

«Chi lo dice?»

«Questa.»

La canna di una Beretta divora l'ombelico di Marzio. Un piccolo ombelico.

94

«Stai scherzando.»

«No, sto giocando.»

Marzio è costretto a salire sul 68. L'altro 68 ha già il motore acceso. Signori si parte. Fasci contro China. Belli impasticcati. Nessuno vuole mollare. Lo scontro dei cento è inevitabile. Non ha nemmeno il privilegio di essere uno scontro generazionale dato che hanno tutti la stessa età, tranne Marzio che è più vecchio e si credeva più furbo se non saggio. I 68 si scontrano mentre i capelli del prof Anco ritornano neri per la paura. Marzio seduto al fianco dell'autista è il primo a morire nell'impatto. Le lenti a contatto, quella verde e quella azzurra, se ne vanno per conto loro. Rivelando degli sbarrati, defunti occhi marrone.

Come diceva Enrico VIII che in quanto tale non era il primo venuto: "Addio, un lungo addio a tutta la mia grandezza! Oggi le spuntano le foglie della speranza, domani mette i fiori e porta, spessi sopra, di se... Splendori variopinti...".

In realtà a parlare così era il vecchio William, shaker di parole. E il '68 ce lo mise nel culo. I figli dei fiori diventarono fiori di Bach. E non mi riferisco al compositore. I cavalli pazzi, giacche blu. Solo quell'urone dell'ultima ora, sì Palle di Camoscio, il secondo nome di Palle di Daino, poteva tentare di adattarsi, privo com'era della consapevolezza che sarebbe stato messo in riserva. Come un'auto senza benzina nella capitale del Kuwait. Io riuscii a resistere. Pitturandomi col Gambells Oak, la corteccia di una varietà della quercia. Usata dai Navaho per mimetizzarsi. Ne usciva un colorato marrone. Né rosso, né nero, né giallo, né bianco giusto per mimetizzarmi in attesa della vendetta.

Passami la lingua

Passami la lingua
sennò io perdo il colpo
tu tenti coi tentacoli
ma io gestisco il polpo.
Passami la lingua
papille gustative
che gusto, mucho gusto,
se sono ancora vive
passami la lingua
e togli tutto il resto,
trattieni qualche cosa
a farmi da pretesto.
Passami la lingua
adesso nell'orecchio
e passamela subito
sennò divento vecchio.

Chi tra voi esseri umani non ricorda il primo bacio? Io.
Sarà che appena nato sono stato baciato dalla fortuna a tradimento e non ne ho alcun ricordo. Ma sono stato baciato anche dalla maledizione. Sono diventato un baciatore. Vlad il baciatore, è il mio nome.

Noi baciatori professionisti abbiamo in comune coi nostri cugini vampiri l'immortalità e quindi un sacco di tempo da perdere.

Per ammazzarci non basta infilarci un paletto di frassino nel cuore. E vi sconsiglio caldamente di tentare di infilarmi un paletto di legno nel sedere: sono irritabile e soffro di emorroidi.

Certo, i vampiri sono più famosi di noi baciatori. Contano sul retaggio atavico che il sangue altrui, assimilato, abbia il valore sacrale di un prolungamento della vita, l'unica scommessa possibile contro la morte.

Il sesso fatto coi canini che è sempre meglio del sesso fatto da cani: una botta e via. Noi siamo diversi. Meno nobili e meno pericolosi e anche più poveri. Non abbiamo castelli in Transilvania come il vecchio zio Drack.

Al massimo bilocali a Foligno. Dei nostri cugini vampiri si è occupato il cinema, a partire da *The Vampire of the Coast* nel 1909. Anche noi baciatori abbiamo fatto la nostra porca figura sul grande schermo. Ma sia in un caso che nell'altro erano sempre attori a interpretarli.

Un vero baciatore non gira film. Li fa vivere alle ragazze che bacia. A noi non interessa il sangue, ci nutriamo di saliva. Andiamo in giro per il mondo in cerca di lingue appetitose.

I vampiri rubano la vita? Noi la restituiamo limonando a destra e a manca, senza mancare un colpo. Non mietiamo vittime, facciamo proseliti di sesso femminile. Siamo per la parità dei sessi e del sesso.

Quando due lingue sbarazzine si incontrano, a differenza del rapporto sessuale normale, la penetrazione è reciproca. Io, personalmente, non mi ricordo più quanti anni ho. E men che meno quante ragazze ho baciato. Ne ho baciate di tutte i colori. Per niente razzisti, noi baciatori.

Con baci di tutti i tipi. Il bacio alla cosacca, quello che fa sentire la vittima come se si fosse scolata una bottiglia di vodka.

Il bacio asburgico, quello che fa credere alla destinataria di essere la Principessa Sissi. Il bacio a tradimento, quando la fanciulla che baci è fidanzata con un altro. Il bacio funicolare, che può essere elargito indifferentemente a Napoli (funiculì, funiculà) o in una località sciistica del Trentino. Il bacio alla zuava, quando non stai più nei pantaloni omonimi. Il bacio alla turca, da sperimentare in una toilette rigorosamente senza water.

Il bacio da Dio, il mio preferito, quello che ti spinge a credere che ci sia una ragione in tutto questo casino del mondo. Potrei andare avanti a lungo, ma sono disidratato di saliva.

A differenza dei nostri cugini vampiri, a cui viene detto: "Per favore non mordermi sul collo", noi riceviamo sollecitazioni tipo: "Baciami, stupido".

Vorrei qui ricordare Dean Martin, l'unico tra gli attori bacianti a essere contemporaneamente un autentico baciatore. In quattro parole: "A noi piace la lingua".

Lo so sono cinque. Ma non considero "la" una parola. La lingua e il linguaggio.

Senza il linguaggio non riusciremmo mai a convincere qualcuna a prestarci la lingua. Il mio oggetto del desiderio: un organo del cavo orale costituito da tessuto muscolare che ospita i ricettori del gusto, fondamentale per la prensione, masticazione e deglutizione del cibo e per l'articolazione della parola.

Altro che tette, patonza e culo. È la lingua in testa alla hit parade del desiderio applicato. E poi la lingua è spontanea, non mercenaria. Non a caso le mignotte non baciano mai i clienti. La lingua è l'organo. Un organo a bocca.

Ma è meglio della musica e della pittura. È tattile. La vera arte. Quella di parlare con una sino a convincerla a darti un bacio. Teoria e pratica che si coniugano (sposarsi è una parola grossa). Be', per farvela breve, io amo la lingua. L'ho frequentata persino in momenti difficili. Quando in Languedoc, tra dottrine ereticali di catari e valdesi e crociate contro gli albigesi, farlo era un guaio. Me la sono passata per sopravvivenza, lo ammetto.

Tutto questo prima di incontrare Saralaralaura. I giornali che si occupano di "benessere" nel senso agonistico della lotta contro il malessere dell'invecchiamento, ogni tanto ti danno i cinquanta consigli per praticare un sesso soddisfacente. Questi articoli a volte sono lesivi per la coppia perché scatenano la delusione e la consapevolezza di non avere a che fare con un acrobata.

Persino Claudia Schiffer ha mollato il mago David Copperfield, uno che ti faceva sparire le Torri Gemelle prima di Bin Laden, per un oscuro stempiato produttore cinematografico.

Questi suggerimenti non servono ai nostri cugini vampiri che sanno quando è il momento di essere ammantati di mistero e quando diventare pipistrelli. Né topi, né uccelli.

Noi baciatori siamo dei fantasisti del bacio, giocolieri della lingua e della parola, artisti fino al fondo dell'epiglottide. Però per mantenerci fino alla vecchiaia, e siamo immortali, siamo costretti a lavorare.

Io ho fatto di tutto, dal lavapiatti al mercenario, al vicepresidente della Confindustria. Per restare sulla piazza ultimamente facevo il piazzista. Piazzavo di tutto: aspirapolvere usa e getta, batterie di pentole alle sventole, poster di Padre Pio agli agnostici.

A me interessava solo baciare. Tutto il resto era pretestuoso ma utile al sostentamento. Il mio ultimo lavoro consisteva nel convincere gestori di locande, bar, alberghi a cento stelle a comprare una mortadella ignobile di cui non mi sarei mai cibato.

Ella, la mortadella. Un nome, un programma. C'era molta concorrenza. Giravo il paese irritando i mercanti, un po' come Gesù Cristo. Nel frattempo baciavo calabresi, genovesi, extracomunitarie lettoni su enormi lettoni, un po' così, a casaccio. Per restare vivo. A volte per passione, a volte per necessità.

A me piaceva la lingua. E basta. Potete facilmente immaginare la mia emozione quando, per vendere Ella, la mortadella, incappai a Cervere in provincia di Cuneo nell'Osteria del Vecchio Gufo e in un cartello pubblicitario scritto a mano, una sorta di lavagna su cui era evidenziato "Specialità lingua".

Entrai immediatamente e la vidi. Era la figlia del padrone della locanda. Studiava al DAMS di Bologna, ma faceva aristocraticamente la cameriera.

Ventitré, ventiquattro, ventotto anni, più o meno. E un nome trino: Saralaralaura. Tre persone in un corpo (colpo?) solo, in un corpetto che ti rimandava direttamente alla lingua.

Mora, bionda, castano chiara. Un fenomeno della natura.

«Le interessa Ella, la mortadella?» le chiesi.

«No, ma ella mi interessa. È un bell'omaccione.»

Mi innamorai perdutamente come un tredicenne foruncoloso. Benché non fossi proprio di primo pelo, capii che se mai avessi dovuto appartenere a un pelo, sarebbe stato suo.

«Quanti anni ha?» mi chiese.

«Mah, vado per i vada come vada.»

«Bell'uso della lingua.»

«Anche la tua lingua non è niente male, da quello che ho potuto vedere. Puntuta, insinuante e sinuosa. Come fai a mantenerla così?»

«Faccio tongueness, il fitness della lingua.»

Io ho un parametro. Gli uomini mortali che conosco, al massimo, un paracentimetro. Saralaralaura rientrava nel parametro. Fu così che iniziò la mia rovina. Trascurai il lavoro. Abbandonai i clienti sicuri per recarmi ossessivamente al Vecchio Gufo, il cui proprietario nonché genitore di Saralaralaura, una specie di orco, di Ella, la mortadella non voleva saperne.

Vivevo di amore e mortadella. Non lavorando più ero costretto a cibarmene. E il sesso? Sarebbe venuto dopo, fra una lingua e un cunnilingus. Al momento giusto. Una ritrovata verginità.

Riuscii ad assaggiare molte lingue, tranne la sua. Saralaralaura non la dava, la lingua. In compenso suo padre, l'orso brizzolato e irsuto, un orco affetto da orchite, mi propinava ogni tipo di altra lingua con fare sospetto e sospettoso.

«Orco, allora, lingua alla piemontese: olio, burro, sedano, carota, aglio (nocivo per i miei cugini vampiri).»

«Un bicchiere di vino rosso, da servirsi con un dolcetto di Diano d'Alba.»

Saralaralaura, nel frattempo, sgusciando ancheggiante dalla cucina, mi lanciava occhiate assassine. L'orco irsuto, una specie di licantropo (altri miei cugini) culinario, per smorzare i miei appetiti sessuali con altri, proponeva: «Orco, lingua marinata: olio, burro, concentrato di pomodoro e farina bianca, un litro di vino bianco, un cucchiaio di aceto, due cipolle, una carota e un mazzetto aromatico come bouquet».

Cercavo instancabilmente il contenuto del cavo orale di Saralaralaura e l'energumeno insisteva: «Orco, lingua brasata: olio, burro, due cipolle medie, tre carote, un bicchiere di bianco secco, seguito da rosso Corbara».

Non ne potevo più. Un po' perché la mia generosa virilità linguistica stava andando a puttane dopo tutte queste ricette, un po' perché volevo la lingua di Saralaralaura.

Così affrontai l'orco: «Orco, mi hai preso per suor Germana o per *Il Cucchiaio d'Argento*? Se qui c'è uno che si intende di lingue, sono io».

Finì a cazzotti. Le presi. L'orco era e aveva una forza bruta. Io ero semplicemente un boxeur. Morale: massacrato dai pugni dell'orco, Saralaralaura venne in mio soccorso. Si scusò per le intemperanze del padre e mi condusse nella sua cameretta proprio sopra l'Osteria del Vecchio Gufo. Era bellissima. La lingua, dico. Rosea e sessuosa. La aspettavo da tempo immemorabile guizzare sulla mia. Me la fece assaggiare. Poi, a tradimento, mi piantò i canini nel collo.

Saralaralaura era una vampira. Quindi mia cugina.

Praticamente un mezzo incesto. Sono ancora immortale, ma adesso, anziché essere un baciatore, sono un vampiro. E dal punto di vista erotico, amo il sangue e disdegno la saliva. Però, nonostante tutto, mi piace ancora l'uso della lingua.

Palle di Daino mi aveva lasciato solo. Per fortuna che sono trino. Pur essendo un semplice Neurone; secondo Paul Maclean studioso del cervello, noi abbiamo tre cervelli interconnessi che riflettono il rapporto ancestrale coi rettili, i mammiferi antichi e quelli più recenti.

Il primo, il cosiddetto complesso R, è un'espansione della parte superiore del tronco encefalico. Riguarda comportamenti che hanno a che fare con l'autoconservazione e la conservazione della specie.

Il secondo cervello, quello limbico, "governa" il comportamento per cui i giovani mammiferi smettono di giocare.

Il terzo, ossia la corteccia, è quello più utile per la soluzione di problemi e il suo compito è aiutare le due formazioni precedenti per la sopravvivenza.

Palle di Daino aveva un solo cervello. Da serpente. Io no. Continuavano a chiamarmi trinità. E se lui aveva parlato con lingua biforcuta, io avevo preferito aspettare la saliva delle squaw senza scuoiarle. Palle di Daino era un serpente. Io un linguacciuto slinguazzatore che avvertiva il vuoto di un'amicizia perduta!

Conto fino a uno

Si può morire di sudore in un Luna Park deserto come un deserto?

Non puoi certo morire di sete perché, sincronizzando i movimenti, riesci a far cadere le gocce che ti scorrono dalla fronte direttamente sulla tua lingua.

Ma, se la città è deserta e il Luna Park è deserto, puoi morire di solitudine come in un deserto. E sei in un deserto.

Le giostre, i tunnel dell'orrore, le montagne russe immobili e deserte, alle tre del pomeriggio di un giorno d'estate in cui la città è disertata dai cittadini, forse, sono solo miraggi. E i pochi turisti che, visto che i musei sono chiusi, guardano le icone del parco dei divertimenti sono miraggi.

Per loro, tu che non sembri di certo un'icona, sei probabilmente un miraggio. Tutto ciò si chiedeva Rodolfo, che qualcuno persisteva nel chiamare Rudy, convinto di fargli un piacere o di sentirsi più "intimo".

Rudy per Rodolfo, Tony per Antonio, Beba per Barbara. Rudy, Tony, Beba, nomi corti come la vita, diminutivi che si indossano nell'infanzia, ti vanno ancora bene nell'adolescenza, ti ringiovaniscono nell'età adulta, ma quando hai i capelli bianchi, le borse non firmate sotto gli occhi, il doppio mento e la vista dimezzata, ti stanno stretti.

E allora vorresti ritornare Rodolfo, Antonio e Barbara, un po' perché lo ritieni più consono al tuo aspetto arricchito dalle magagne, e un po' perché il tuo nome di battesimo, usato di nuovo a tanti anni dal battesimo, ti fa illudere di poter ricominciare da capo. Con mamma e papà, ora morti, allora emozionati, e tu, brutto allora come lo sono tutti i neonati.

I cuccioli di cane sono belli, gli infanti, anche quelli prodigio sono solo parodie d'uomo. Vignette calve e senza denti. Caricature, forse della morte.

Tu, Rodolfo sei ancora Rudy, anche se nessuno ti chiama così perché il Luna Park è deserto. Parco dei divertimenti: che tristezza.

Rodolfo-Rudy cercava una lattina vuota da prendere a calci. Niente. Solo polvere, sudata anche lei. Rodolfo si chiese se si poteva essere nello stesso tempo disperati e indifferenti.

Probabilmente sì.

Anche se era così disperato e così indifferente da non preoccuparsene. Si sentiva un po' come una giostra "ferma". Le discese mozzafiato delle montagne russe ora erano veramente immobili come delle montagne. Non c'erano brividi. Rodolfo non poteva cadere dalle montagne perché non ci era salito.

Gli sembravano delle Tour Eiffel edificate da un ubriaco. La barba vecchia di un giorno, la polvere sulle scarpe nuove, un uomo giovane ancora per poco nel mezzo di un Luna Park senza tempo come sono i Luna Park a quell'ora da limbo delle tre del pomeriggio di un giorno feriale, in un giorno estivo di una città in ferie.

I pesci rossi, quelli che se piazzi una pallina nella loro vaschetta diventano tuoi, chissà dov'erano. Forse erano tornati al mare, andati in vacanza pure loro come gli impiegati e i travestiti a Ferragosto. Li avrebbero ripescati a fine mese o ne avrebbero ritrovati di nuovi? Buona pesca, vita in vacanza.

Rodolfo era solo in città.

Quasi solo.

C'erano altri due, che volevano ucciderlo per motivi invernali. Lo stavano cercando. Sapevano che c'era, che era rimasto. Vivo.

Se i due che volevano Rodolfo morto, fossero riusciti a gettare la pallina nella vaschetta e a prendersi Rodolfo, lui sarebbe morto e nel Luna Park e nella città, sarebbero rimasti in due.

Assassini, ma due.

Se invece Rodolfo fosse riuscito a ucciderli, sarebbe rimasto solo lui. In città e nel Luna Park. Per ora, alle tre del pomeriggio Rodolfo e quei due si inseguivano meccanicamente, come cavallucci di legno in una giostra. L'unica giostra funzionante a quell'ora.

Rodolfo aveva la fronte alta, ma con tutta quell'acqua che irregolarmente lo bagnava di sudore come una doccia non del tutto funzionante, con qualche buco inspiegabilmente otturato, la fronte lavata si sarebbe necessariamente ristretta e Rodolfo, di lì a poco sarebbe stato meno intelligente.

Del resto, da morto non avrebbe fatto nessuna differenza. Ma Rodolfo non voleva morire, voleva restare vivo.

Un uomo contraddittorio: non voleva morire, ma

voleva invecchiare e, quindi, morire prima o poi. Non gli piaceva il "prima" che stava vivendo, ma sperava nel "poi".

C'erano ancora tante cose che non aveva fatto: nuotare nelle Cascate del Niagara, tingersi i capelli di verde, vincere il premio Nobel per la pace e tante cose che aveva fatto e che non avrebbe voluto più fare. No. Non i rimorsi. Non ne aveva.

Se avesse potuto ricominciare da capo avrebbe rifatto le stesse cose. Solo con qualche accorgimento, qualche scorciatoia, qualche trucco.

Le cose che non avrebbe di sicuro più fatto sarebbero stati i percorsi sulle montagne russe. Un paio di volte, dodicenne, c'era salito gonfio di birra e aveva vomitato dall'alto in basso, su bambini e zucchero filato. Che figura. Che vergogna. E che autolesionistica soddisfazione.

La gente in basso, inzaccherata dal suo vomito, lo disprezzava, sì, ma non poteva guardarlo dall'alto in basso perché in alto c'era lui, paonazzo pilota automatico sugli alti effimeri binari in un vagoncino delle montagne russe.

E quando era sceso, cent'anni o, forse, vent'anni prima, anziché essere linciato da una folla chiazzata dal suo vomito, era stato raggiunto da un uomo che, invece di giustiziarlo, gli aveva detto: «Come ti senti? Non stai bene? È passato tutto?».

E lì Rodolfo si era sentito veramente male. La compassione gli pesava più del disprezzo. Avrebbe voluto vomitare sul samaritano per irritarlo, ma il vomito era finito.

Kaputt.

Tutto sprecato sulle teste dei passanti e sulle rotaie

colorate e arrugginite delle montagne russe. Rodolfo non vomitava più da un pezzo.

Era senz'altro peggio.

Dopo il vomito si era sentito libero, colpevole ma assolto. Stomaco vuoto, vita nuova. Ma ora, che era tempo che non vomitava, gli sembrava di conservare dentro sé tutto quel vomito inespresso. Ingigantito dagli anni di non uso, una diga di vomito che non riuscendo a far cedere, si portava addosso come una gobba capovolta sotto lo sterno.

Rodolfo aveva tentato di vomitare infilandosi due dita in gola.

Niente.

Aveva dita lunghe, affusolate ed era arrivato all'umiliante compromesso di masturbarsi una tonsilla. Aveva mani da pianista ed erano già le tre e cinque.

Non che le cose fossero legate. Anzi, le mani da pianista gli sarebbero rimaste ed erano già le tre e cinque. Mani da pianista sudate è come rovesciare un bicchiere d'olio su una tastiera. Sperò che fossero almeno le quindici e dieci.

Rodolfo quasi sperò che quei due arrivassero. Non c'era niente di aperto. Partire è un po' morire, ma restare, restare lì ad attendere, forse, di morire, era un'apatica agonia.

Una vecchia era incastonata nel baracchino che dava i biglietti per il tunnel dell'orrore. Dormiva con la faccia sorretta, semi sollevata, da due solidi porri sotto il mento, che le facevano da punto d'appoggio.

Rodolfo le strizzò il naso.

La vecchia si svegliò. «Un biglietto.»

«Non si può. Non faccio girare i vagoni per un solo cliente.»

«Le pago due biglietti.»

Scosse la testa, sempre appoggiata al banco e una misteriosa graffetta, dimenticata lì da chissà chi e da chissà quando, le si infilò nel porro sinistro. Contrattarono un po' e al prezzo di cinque biglietti Rodolfo convinse la donna ad avviare il traffico sul suo tunnel.

Il tunnel era deserto. E il vagoncino prendeva curve improbabili da cui uscivano scheletri così poco scheletri da sembrare porri. Neanche un minuto e il giro finì. La vecchia si era riaddormentata. Rodolfo fu tentato di strangolarla e di infilarla, nonostante il peso, su uno dei suoi vagoncini per garantire autentico orrore al prossimo disperato e abulico cliente.

Rinunciò perché aveva mani da pianista e non da strangolatore. E poi c'era un ragazzino che lo stava guardando.

Si fissarono a lungo, studiandosi come due animali della stessa specie ma di taglia diversa. Divisi dalla statura, ma accomunati dal fatto di sapere di essere l'uno troppo grande e l'altro troppo piccolo per avere la certezza di essere la stessa persona.

In ogni caso entrambi si resero conto di non aver di fronte un miraggio.

"Me stesso anni fa" pensò Rodolfo.

"Me stesso fra quindici anni" pensò il bambino nella sudata immaginazione di Rodolfo.

Provarono una reciproca attrazione, che poteva venire esternata, consumata solo attraverso le parole. Sempre che uno dei due si decidesse a parlare. Il ragazzino prese l'iniziativa.

"Hai visto il tendone col serpente gigante, con l'orca marina e col drago?"

«No» rispose Rodolfo deluso.

Il bambino era probabilmente solo un imbonitore di quei tendoni che contenevano finte sirene e dinosauri in plexiglass. Ciò nonostante lo seguì disilluso e ipnotizzato.

Entrarono in un tendone bianco senza pagare nessun biglietto. Tre enormi prigioni di vetro contenevano un serpente arrotolato in un sonno grande quanto lui, il big sleep di un rettile abnorme, un'orca marina che sonnecchiava immensa nell'acqua, e infine un drago in stato catatonico di probabile cartapesta.

Il ragazzino disse a Rodolfo, indicandogli il drago: «Chissà se è maschio o femmina?».

Pensava al sesso con curiosità e senza preamboli come tutti i preadolescenti, del resto.

«Non ho intenzione di sollevarlo e di guardarci sotto per vedere se ha il pisello» rispose Rodolfo. Il bambino rise e additò l'enorme orca.

«Sai come si riproducono le orche?»

Rodolfo, che in fatto di orche era molto ignorante, ma non aveva nessuna intenzione di ammetterlo di fronte a un ragazzino, cambiò discorso: «Lavori per il Luna Park?».

«No, ma in questi giorni ci sono spesso. I miei amici se ne sono tutti andati.»

«E invece i miei nemici stanno arrivando. È meglio che te ne vai anche tu.»

Anche il ragazzino cambiò discorso. Indicò il serpente e chiese: «Secondo te, 'sti animali sono veri o finti?».

A questa domanda Rodolfo sapeva rispondere: «Sono finti naturalmente. Ho qualche dubbio sul serpente, ma sugli altri due sono sicuro. È difficile trovare orche in città».

«Che ne sai se non hai idea di come fanno a riprodursi. Magari la città le eccita e *zac*... Un'orca dietro l'altra.»

La plastica bianca del tendone si squarciò prima che Rodolfo potesse rispondere con una parolaccia, e comparve Tulipo.

Tulipo riconobbe Rodolfo e gli disse: «Rudy, che ci fai qui?».

Rodolfo detestava essere chiamato Rudy e Tulipo, del resto, detestava essere chiamato Tulipo. Erano amici. Tulipo era più giovane di Rodolfo. Un ragazzo atletico ma incolore, non per mancanza di intelligenza o personalità, ma per una sorta di sfiducia in se stesso e negli altri, che lo spingeva a rendersi invisibile.

Una maglietta colorata, la bandiera del Brasile, addosso a Tulipo diventavano nebbiose, mimetiche. Tulipo avrebbe voluto fare lo scrittore, ma scriveva cose dello stesso colore neutro delle sue magliette. Non osava rivelarsi neanche scrivendo e riusciva a spersonalizzare parole "cariche" come "safari" o "incesto".

Non sapeva cosa fare di sé. Il viso piacevole era costellato dai buchi rimastigli in ricordo di una scarlattina presa tardivamente a quindici anni.

Lo sguardo intelligente era difficile da riconoscersi, vetro appannato da una pioggia di precoce rassegnazione. Ogni volta che Rodolfo era depresso, gli bastava incontrare Tulipo per tirasi su. Il suo amico-vegetale lo faceva sentire animale.

«Ciao Tulipo. Sono qui per la stessa ragione per cui ci sei tu. Non è rimasto nessun altro posto. Come va la tua carriera?»

«Non c'è più niente da fare. Mi sono dato un paio di mesi di tempo. Se dopo l'estate non riesco a concludere niente, non so proprio cosa sarà della mia vita.»

«Sei ottimista» si intromise il bambino.

Tulipo si accorse solo allora della sua esistenza.

«Che cosa vuoi capirne tu. Hai tutta la vita davanti.»

«Già, perché tu invece sei Matusalemme» rispose insolente il ragazzino.

Rodolfo si intromise perché non tollerava di restare a lungo al di fuori da una conversazione: «Io, invece, mi sono dato un anno di tempo per decidere cosa fare. Un anno è meglio di due mesi. Hai quattro stagioni in cui puoi cambiare umore. 364 giorni per decidere e l'ultimo per cambiare idea».

«Parli così perché sei giovane» disse Tulipo.

«Stronzo, ho cinque anni più di te.»

«Ah, sì, è vero» ammise Tulipo guardando il drago.

«Ci credete ai draghi?» chiese a Rodolfo e al bambino.

«Io non ci credo tanto e mi dispiace molto» rispose il postinfante.

«Io non ci credo affatto, ma l'ultimo posto al mondo in cui farei il bagno è Loch Ness.»

«Io non ci credo, ma vorrei che ci fossero. Sarebbe tutto più facile» constatò Tulipo prendendo colore per un attimo, per poi perderlo subito.

«Lo vedi che sei scemo» si irritò Rodolfo.

«Ti dai solo due mesi di tempo e invece, magari, proprio fra tre mesi potresti scoprire che i draghi esistono.»

«Saggia osservazione» constatò l'infante (prodigio?).

Rodolfo guardò l'orologio: «Ehi, ragazzi, si sono

fatte le tre e mezza, è meglio che ve ne andiate. È probabile che arrivino qui due tipi che mi vogliono fare fuori. E se vi trovano con me non avranno esitazioni nel togliervi il tempo che vi resta. Può darsi che non si accorgano di voi, tu, Tulipo sei invisibile, e tu, comecavolotichiami, sei piccolo. Ma se fossi in voi non me la sentirei di correre il rischio.»

Ah il teatro e la vita. Il sipario si riaprì sotto forma di un tendone di plastica bianca squarciato di nuovo e, così come era comparso Tulipo, comparvero i due.

Il primo era alto (basso?) come il ragazzino. Portava i capelli lunghi su un viso acqua e poco sapone. Un elfo, un folletto malefico.

Il secondo, che era evidentemente il capo, era alto e vacuo, una faccia insulsa che ricordava due gnocchi al burro sovrapposti. Un viso da tartaro, mongolo mancato, il morbo di up, un morbo di down nemmeno concluso.

L'elfo indossava una camicia sgargiante, Gnocchi una squallida camicetta che rivelava abbozzi di muscoli bianchicci e una canottiera azzurro spento. Tulipo era grigio perché non tirava fuori la propria personalità, Gnocchi era bianchiccio perché non ne aveva proprio. Un burocrate anche nelle cattive intenzioni.

«Ti abbiamo trovato finalmente.»

«Ciao pasta fresca. Meglio tardi che mai.»

«Guarda Rudy che posso essere molto duro.»

«Uno gnocco? Ne dubito.»

Gnocchi estrasse un coltello a scatto. Rodolfo perse la pazienza, che del resto non aveva: «Guarda Gnocchi, io non ho molto tempo, prima di arrabbiarmi in genere conto fino a uno».

«Uno come l'anno che ti sei dato di tempo?» chiese il bambino.

«Sempre meglio di due mesi» constatò Tulipo.

«Uno» disse Rodolfo.

Gnocchi e Gnomo scattarono. Rodolfo non fece in tempo a muoversi che Tulipo balzò. Si beccò il coltello di Gnocchi alla spalla. Tulipo, da incolore che era, divenne rosso, almeno sulla spalla, per il sangue che iniziò a ridargli personalità.

Il ragazzino si occupò dello gnomo. Lo prese per i capelli e usandoli come leva gli fece battere la fronte al suolo 365 volte, i giorni che restavano a Rodolfo.

Tulipo, dal canto suo, si strappò il coltello dalla spalla e lo infilò nel doppio mento dei due gnocchi sovrapposti.

Rodolfo non aveva mosso un dito e c'erano già due cadaveri.

Si commosse: «Grazie ragazzi. Non ho parole».

«Neanch'io» disse Tulipo che stava svenendo.

«Io neppure» si associò il ragazzino che, sino a quel momento, non aveva mai ucciso nessuno.

«Lasciatemi fare almeno qualcosa. Faccio sparire i cadaveri.»

Rodolfo si caricò Gnomo su una spalla e Gnocchi sull'altra e uscì dal tendone attraverso gli squarci delle entrate precedenti. Miracolosamente, nonostante lo sforzo, non sudava più.

Si barcamenò, incespicando tra la polvere, sino al tunnel dell'orrore. La vecchia sorretta dai porri dormiva imperterrita come i mostri di cartapesta.

Rodolfo issò Gnocchi e Gnomo sui vagoncini e poi, stando ben attento a non svegliare la vecchia, avviò il movimento di una corsa finalmente orrorifica.

Tornò quindi sui propri passi e raggiunse Tulipo e il suo piccolo alter ego. Tulipo sanguinava. Il bambino, per consolarlo, gli stava dicendo: «Ti ci vorranno certamente più di due mesi prima che la ferita ti si cicatrizzi definitivamente».

Una sirena squarciò (anche lei) il silenzio e il tendone.

«Arriva la pula. La vecchia coi porri deve essersi svegliata. Bisogna nascondersi da qualche parte.»

Il posto migliore era proprio lì, dietro le sagome del serpente, del drago, dell'orca. Per sé Rodolfo scelse il serpente, anche perché, per quanto gigantesco, era l'unico ad avere qualche probabilità di essere un autentico serpente: sino a quel momento Rodolfo era stato il solo a non aver rischiato la vita.

Tulipo finì dietro il drago di cartapesta e il ragazzino, che non sapeva nuotare, si immerse nell'acqua all'interno del gabbione di vetro, aggrappandosi alla testa dell'orca.

Conclusero l'operazione "nascondino" poco prima che i poliziotti squarciassero, *last but not least*, per l'ennesima volta il tendone ridotto a un colabrodo.

I poliziotti sfilarono di fronte al serpente, all'orca e al drago, un treno umano senza scali. Rodolfo, rannicchiato dietro il serpente, una volta tanto in quella giornata aveva sudato freddo, un po' per paura dei poliziotti e un po' nel timore che il serpente, sempre che non fosse di gomma, si risvegliasse improvvisamente accorgendosi di lui.

Quando i poliziotti, finalmente, dedicarono la loro febbrile disattenzione a un altro luogo, Rodolfo osò tastare il serpentone per accertarsi che fosse finto. Era finto, un tubo di gomma squamato.

Che sollievo.

Se Adamo ed Eva gli avessero dato retta avrebbero perso il paradiso terrestre per una mela di gomma. Rodolfo sgusciò dalla gabbia di vetro, non senza aver dimostrato la propria riconoscenza con un buffetto affettuoso al tubo di gomma colorato.

Non appena uscito dalla prigione-nascondiglio chiamò a gran voce: «Tulipo, Comecavolotichiami, potete uscire. Se ne sono andati. È tutto finito».

Nessuna risposta. L'orca e il drago avevano però un'altra espressione rispetto a quella sonnolenta del primo pomeriggio. Anche questa nuova espressione era sonnolenta, ma non più falsa, bensì appagata, l'espressione di chi ha appena digerito e si sta facendo un pisolino.

Tulipo aveva avuto meno di due mesi di tempo e il ragazzino meno di tutta la vita. Rodolfo era talmente sbalordito da non riuscire neppure a essere dispiaciuto.

Decise di enumerare i superstiti di quel giorno "sudoso". Se stesso compreso, contò fino a uno.

Ora, mi scuso col creato, ma non col creatore. Visto che ha creato gente come gli Irochesi che hanno infierito sui neuroni degli Uroni in momenti di difficoltà. Gli Irochesi ci hanno mangiato la sinapsi. Per spiegare a voi che, per ora, non conoscete il significato della parola Mohawk (essi mangiano carne umana) si riferisce a persone che vivevano intorno al lago Mohawk nello Stato di New York. Il che apparentemente spiega tutto. Gli Irochesi odiavano i miei cugini Uroni, ma nessun nemico è cattivo come un traditore, tipo Palle di Daino che è entrato nel nostro cervello come un jingle di depressione ciclica.

Forse avremmo dovuto fare tutti come Nuvola Rossa che dopo aver rifiutato di fare la pace accettò il ritiro, usando glucosio marcato con isotopi radioattivi che gli diedero una visione elaborativa sulla soluzione finale. Nel caso non abbiate capito consultate The science of the mind *edito da* The MIT Press, Cambridge. Mass. 1991 *del vecchio O.J. Junior Flanagan. No mi sto sbagliando. È meglio vendicarsi di Palle di....*

Ho contato fino a uno, e se hai qualcosa in contrario.

Piantala, Begonia!

E allora piantala, Begonia
Non starmi troppo addosso
la vita è già una lagna
e io... mi sento un fesso.
E allora piantala, Begonia!
E togli la tua lingua dal mio orecchio!
Per fare il tuo cadetto di Guascogna
ti giuro che mi sento troppo vecchio.
E allora piantala, Begonia!
Sei piccola, se insisti ti sculaccio.
Lo so, mi sto imbarcando in una rogna,
eppure mi lusinga che ti piaccio.
E allora dammela, Begonia!
E aspetta, adesso spengo la tivù.
Sono Alessandro, tu la Macedonia.
Per questo giura: "Non la pianto più".

Si amarono prontamente, bevendosi l'un l'altro con
vuoto a perdere. Ma il Vuoto non perde mai. Alla fine
è l'unico a vincere. Si insinua tra due ventri appiccicati e convinti di restarlo. Non dico per tutta la vita,
ma per almeno tre San Valentino, e poi si gonfia im-

provvisamente come un air bag. Il Vuoto separa, quando appare. Non solo. Da quel parassita che è si riempie svuotando i due singoli che si erano illusi di costituire una coppia. Il Vuoto non è ipocrita. Magari bastardo, questo sì, ma non ipocrita. Ha fame, sete, voglia di scopare come tutti e successivamente avverte la necessità di andare alla toilette. Come tutti. Compresi i due da cui si lascia covare. Prima di frapporvisi.

Si amarono ostinatamente, ignorando i colpi di tosse del motore amoroso nel volerli portare a destinazione qualunque essa fosse. Un cimitero di famiglia, un tetto vasto come il mare, il mare di Vasto, un ristorante in cui cibarsi per l'eternità di brodetto di pesce. Ma il Vuoto non ha bisogno di atmosfera. Il Vuoto è già un'atmosfera. È un piano bar in cui vige il silenzio più assoluto e in cui le bottiglie di champagne sono sorde ai richiami musicali di Peppino Di Capri e a quelli estetici di Leonardo Di Caprio, suo figlio. Il Vuoto è figlio del vuoto e nipote del vuoto. Tra i suoi avi spicca il vuoto. Un crociato sospettoso specializzato nel perdere le chiavi delle cinture di castità delle coppie che frequentava.

Le coppie smettevano di giocare alla "bestia a due schiene" (non è mia: è di Shakespeare, detto Bill) a causa della ferraglia. E il Vuoto aveva partita vinta. Si amarono svogliatamente negli ultimi tempi, ma il vuoto non aveva più tempo da perdere. Benché annoiato, fu costretto a manifestarsi, anche se controvoglia, e a nutrirsi, anche se stavolta senza appetito, di quel poco che restava di un banchetto nuziale e funebre allo stesso tempo. Tempo senza voglia di sposarsi o di morire. Tempo con molta voglia di fuggire dal vuoto. Tempo che al Vuoto non poteva sfuggire. Si amarono per sempre. Ora si amano per mai più. Il tempo passa. Il Vuoto no. Ripassa per un altro giro!

«Mi ami veramente?»

«No, io ti amo falsamente.»

«Dài, non scherzare.»

«E chi sta scherzando?»

«Piantala di scherzare, stronzo.»

«Stronzo glielo dici a tua sorella.»

«Lascia stare mia sorella. In tutti i sensi, intendo.»

«Me ne frego di tua sorella. Me ne fotto di tua sorella.»

«Meglio così. Conoscendoti credevo che volessi fotterti mia sorella.»

«Sei offensiva. Scusa se te lo dico, ma tua sorella ha quindici anni. E non sarebbe stata il mio tipo neanche se io avessi avuto undici anni e mi fossero piaciute le donne mature.»

«Come sei permaloso. Stavo scherzando e tu mi rispondi con i denti digrignati. Credi di essere l'unico ad avere il diritto di scherzare.»

«Hai ragione. Scusa, sai come sono fatto.»

«Male. Però a me piaci così.»

«Tu a me di più. Mi piaci così così.»

«Lo vedi che sei uno stronzo.»

«Probabile, ma ti amo.»

«Veramente?»

«No, falsamente, come ti stavo dicendo poc'anzi.»

«Lo vedi che sei uno stronzo. Lo dice anche mia sorella.»

«Tua sorella non fa testo. È l'unica legittimata dall'età ad amare veramente. Magari un quarto d'ora. Ma totale. Io invece...»

«Tu invece?»

«Io invece ti amerò tutta la vita. Ma falsamente. Ti amerò anche più avanti al punto che quando il mio pistone sarà una proboscide rattrappita, e la tua "Fossa delle Marianne" l'ano di un ippopotamo, insisterò ancora con chi di dovere per procurarci un attico in cui morire insieme. Nel cimitero degli elefanti. Anche se non hai la proboscide.»

«Ma allora mi ami veramente?»

«No, continuo ad amarti falsamente.»

«Non ci credo.»

«Neanch'io. Voglio vivere con te tutta la morte, non tutta la vita.»

«Hai ragione, la vita è troppo corta.»

«E tu mi ami veramente?»

«Io sì. Sono sicura che sia necessario essere assolutamente veritieri quando si ama un bugiardo. È una legge di compensazione. Io sono talmente sincera al punto di dirti che voglio un bambino da te.»

«No problem. Dimmi dove sono e te li vado a prendere.»

«Lo vedi, sei uno stronzo.»

«Non è tanto il fatto che io sia uno stronzo. È che tu hai ragione.»

«Ne riparleremo.»

«Bella mossa.»

«Tra dieci minuti. E ogni dieci minuti finché non riuscirò a convincerti.»

«Una tortura cinese, eh? Perché piuttosto non adottiamo una balena. È più economico e meno impegnativo.»

«Perché non ci sta in una vasca Jacuzzi.»
«Pensi già a metter su casa?»
«Sì. Con te. Mi ami?»
«Falsamente.»
«E allora dammi un bacio.»
«Ok. Ma è il bacio di Giuda.»

Si amarono perdutamente. E uno dei due ero io. Che non avevo niente da perdere. Lei sì. Ageronia Camomilla di Sanfiletto al Pepe. Verde per gli amici e nell'intimità. Giovane e ricca ereditiera il cui precedente matrimonio era stato annullato dalla Sacra Rota. In cambio di un assegno in bianco come l'abito papale. Era bella Verde. Di quelle bellezze inequivocabilmente equine che contraddistinguono le puledre di razza e casato dalle ronzine, dalle giumente in minigonna e tacchi a spillo che lavorano allo striptease di Via Padova. Le donne che preferisco. Quelle che mantengono un aplomb da creature celesti di fronte a maniche di assatanati. Verde fisicamente non era il mio genere. O forse sì, visto che sembrava un giunco con due nidi d'ape all'altezza delle tette.

Il problema era che si vestiva come un gentiluomo di campagna. Tweed, fustagno. E vai col country chic. Prima di vedere l'ombra di un reggicalze ti costringeva a partecipare a una dozzina di cacce alla volpe. I primi tempi dell'amore andarono come tutti i primi tempi. Cercavamo di vederci in luoghi affollati per sentirci soli. Solo noi due. Erano altri tempi. Erano i primi tempi. Ci amammo perdutamente per contrasto. Lei iperattiva, dalla beneficenza al bricolage, e persino nella sua professione di botanica (Verde aveva il pollice verde). E io nullafacente che le facevo di tutto.

Lei determinata, organizzata, forte con qualche ricaduta di fragilità. Io disorganizzato, pieno di debolezze alle quali ero peraltro molto affezionato, con qualche vetta di inarrivabile infrangibilità nei confronti dei tiri mancini della vita. Ai vecchi tempi, i bei tempi. I primi tempi non volevo crescere. Oggi non voglio invecchiare. Mi rifiutavo di prendere decisioni. Verde mi incalzava: «Devi deciderti».

«Già fatto.»

«Era ora.»

«Ho deciso, non decido.»

Verde mi voleva far crescere come una delle piante che avrebbero umiliato la giungla, sui trecento metri quadri del suo terrazzo. Bei tempi, i primi tempi. Formidabili quegli anni. Eravamo due cuori e Mario Capanna. Ma Verde voleva il secondo tempo. Io mi ero incaponito sul Tempo delle Mele. Mele rosse, forse persino avvelenate, ma rosse come le gote di una pastorella svizzera. Così arrivò il vuoto.

Uno spermatozoicida, il preservativo floscio dell'amore. Il pallone gonfiato dei silenzi nella sera.

Il vuoto assume molti aspetti. Tutto cominciò e tutto finì, of course, quando Verde, esasperata dalla mia compiaciuta irresponsabilità, fu perentoria: «Guarda, Abete, non possiamo effettivamente continuare così. Peter Pan, in confronto a te, è il grande vecchio. Prendi esempio dalle piante».

«Ognuno ha la sua natura. Il mio ecosistema è proustiano. Lavora sul tempo perduto. Io sono un perdigiorno. È l'unico modo per conservare il ricordo della notte prima. Se se lo merita. Se è stata una notte brava. Se prendessi delle decisioni importanti, anziché un perdigiorno diventerei un perdianni. Mi impegnerei, mi impiegherei in un progetto che, una volta realizzato, mi vedrebbe inorridito scoprire allo specchio che ho i capelli bianchi.»

«Bravo. Complimenti per la tirata. Dovresti rendere proficui questo tuo talento di venditore di fumo.»

«Spacciare marijuana?»

«Piantala, Abete. Se proprio non vuoi realizzare niente per te, pretendo che almeno tu realizzi qualcosa per me. Con me.»

«Non capisco...»

Avevo capito benissimo. Speravo di sbagliarmi.

«Voglio un figlio da te.»

Cristo, voleva fare il pieno per sfidare il Vuoto da ovulo a uomo. Che grinta. Com'era verde la mia vallata.

Ma niente è abbastanza verde per il Vuoto. È un trasformista, ricordate. Mentre io rispondevo:

«Devo pensarci, non è una decisione da prendersi su due piedi. Su un millepiedi, piuttosto», il Vuoto aveva già deciso che forma assumere. Si materializzò in un bel ragazzo sui ventisette che non aveva mai lavorato in vita sua.

Fu un'esperienza terribile vederlo diventare un altro me. Anche perché Verde non si accorse di nulla. Per lei il vuoto restava una specie di ologramma rappresentante un cerchio bianco su cui una mano anonima aveva scritto "No access". Ma io ebbi paura, perché capii che il vuoto era un mostro. Un reader's digest dei mostri. Il mostro dei mostri: la Lamia, il Wurdulak, l'Uomo Nero, la Mosca Bianca, la Erinni, Dracula, l'Urlatore di Munch, l'inconscio di Bosch e persino creature più recenti di matrice cinematografica, il Freddie Krueger di *Nightmare,* o musicali, il Freddy Mercury dell'AIDS. Ma se tutti i succitati sono mostri (Freddy Mercury era un mostro di bravura), il Vuoto poliforme si mostra solo a interlocutori privilegiati, uno alla volta, rendendo personale la paura. Io non credo ai fantasmi. E non ho paura di me stesso, ma di me l'altro.

Continuai a far l'amore con Verde per un mesetto, stando ben attento a non ingravidarla. E intanto il vuoto girava indisturbato per la casa fumandosi i miei sigari e bevendosi il whisky di Verde (era lei a fare la spesa), guardandomi con aria strafottente. Una mattina che mi alzai tardi lo sorpresi in cucina a conversare con Verde.

«Ehi Verde!» gridai.

«Non dargli retta. Non sono io.»

Verde non si accorse nemmeno della mia presenza. Il Vuoto aveva preso il mio posto. Le stava dicendo: «Credo sia giunto il momento di piantarla».

«Piantala, Abete...» rispose lei. «Non puoi lasciare che tutto finisca così.»

«Piantala tu, Verde. Smettila di assillarmi. Tra noi ormai c'è il vuoto» le disse il Vuoto.

«Piantatela tutti e due» gridai inutilmente.

Verde non poteva sentirmi, e il Vuoto fingeva di non sentirmi. Restai invisibile per tutto il giorno. Verso sera, il Vuoto uscì di scena. E Verde mi affrontò con le lacrime agli occhi. Un pianto coi denti digrignati dalla rabbia.

«Abete, esci da questa casa. Subito.»

«Piantala, Verde.»

«No, pianto te. Dopo tutto quello che c'è stato tra

noi osi dirmi che sono una persona vuota, un contenitore, un fodero sprecato per il tuo cane.»

«Io... io... io...? Io non ho mai detto niente del genere. È stato il Vuoto.»

«Hai bevuto.»

«Sì, è vero, ho bevuto. È tutto il giorno che bevo. Mentre tu, senza accorgerti della mia esistenza, stavi lì ad ascoltare gli insulti di quel mostro.»

«Sei peggiorato, se possibile. Fino a ieri non volevi assumerti le tue responsabilità. Ora le scarichi persino su un altro. Il mostro sei tu.»

«E tu sei una scema. Una bella scema. Devo ammetterlo. Io ho visto il mostro. Tu no. Ma, cazzo, come fai a pensare che uno che non vuole responsabilizzarsi ti dica frasi tanto offensive e impegnative?»

Barcollavo. Una giornata intera spesa a vuotare le bottiglie di Verde e a far nuotare il loro contenuto nel mio organismo, avrebbe steso un elefante albino. E io non ero un elefante, e tantomeno albino.

Mi gettai su Verde e, anche se non ne sono per niente orgoglioso, la violentai. Il vuoto divorò la strada del tempo seminando al suo passaggio cadaveri di amori. A volte cadaveri tout court, quando qualche svuotato particolarmente fragile imboccava la via crucis della depressione. In questi casi il mostro si divideva, o moltiplicava, a seconda dei punti di vista, in tubetti di barbiturici e bottiglie di Grand Marnier spacciandosi per la dolce morte. Fingendosi eutanasia con le proprie vittime che cadevano nella sua trappola precipitando nello strapiombo della madre di tutti i vuoti: la cessazione.

In altre occasioni, quando era in vena di sadismo, torturava i malcapitati trasformandosi in un telefono che non squilla mai. Se poi gli andava di degradare il destinatario, voilà, il Vuoto diventava "spada", che nel gergo degli eroinomani sta per siringa. E dal *papaver somniferum*, un fiore, estraeva senza sforzo alcuno le sostanze da cui traeva eroina. I vuotomani aggiungevano acqua all'eroina, e anche qualche goccia di limone, prima di iniettarla in vena.

Il vuoto, vasocostrittore per cocainomani demotivati, si scioglieva in un continuo calo di muco. Il mostro era duttile e impassibile. C'era solo una cosa che il vuoto non tollerava, al punto di perdere il controllo: che qualcuno gli sfuggisse. Io gli sfuggii. Il vuoto voleva farmela pagare.

Due

Gaetone Siviero si sarebbe *dovuto* chiamare Gaetano ma per un errore all'ufficio anagrafico per il quale una vocale vale l'altra, si era ritrovato Gaetone. Il suo nome di battaglia era diventato però Gaet-One. Pronunciate "uan', perché Gaetone nel suo lavoro era il numero uno. "So quello che taccio e lo faccio benissimo" il suo motto.

Un motto impegnativo come il suo lavoro: Gaet-One ammazzava a pagamento. Bell'uomo, a chi piace il genere parrucchiere per signora, elegante a chi piace il genere centrale del latte.

Si vestiva sempre rigorosamente di bianco, un retaggio della cresima. Solo che anziché diventare un soldato di Cristo, Gaet militava per Don Vito Coscarelli, boss dei boss e persino degli altri boss. Detestava lo spargimento di sangue inutile. Per non macchiarsi l'abito. Però spendeva una fortuna in tintoria.

Quel giorno il gelido killer aveva il compito di eliminare Joe Pacchiano, una mezza cartuccia che aveva sgarrato. Così si era intrufolato all'Hotel Tamerici di Montecatini Terme, dove Pacchiano se la stava spassando con un fior di femmina. "La solita" pensava Gaet-One prima di conoscerla.

Indossava una giacca da cameriere bianca come la coscienza di un neonato. Ma quando entrò nella stanza Linda, bella Linda, rimase folgorato dallo spettacolo. Per non parlare di quando quel mollusco di Joe Pacchiano cavalcò la regina di cuori. La sua vittima, il suo bersaglio, un quarantacinquenne inutile come un biglietto del tram scaduto, si esercitava sulla dea impassibile e annoiata berciando: «Vengo, vengo...».

"Tra un po' andrai" pensò Gaet-one, estraendo non senza fatica una pistola munita di silenziatore dai pantaloni attillati. Non ci fu bisogno di sparare. Joe Pacchiano, quel fesso, non venne. Schiantò. Era cardiopatico. La bella creatura se lo scrollò di dosso e cercò di rianimarlo.

«Dài, Joe, non sarai mica morto? Non saresti dignitoso. Tutt'altro, con 'sti calzini corti color indaco, anche da muerto saresti pacchiano.»

Gaet-One puntò la pistola alla tempia della ragazza che solo in quel momento si accorse della sua presenza. Bella tipa. Aveva un viso deliziosamente equino che denotava una certa nobiltà, se non nei lombi nelle cosce.

«Io sono Begonia, piacere, e tu?»

«Gaetone.»

Rispose Gaet-One. Sincero e impacciato. Come quando alla cresima era stato sorpreso a spacciar ostie della prima comunione.

"Uccidere o non uccidere?" questo è il problema. Perché ucciderla? In fondo Joe Pacchiano mica l'aveva ucciso lui. L'aveva ucciso lei, non era una testimone pericolosa. Anzi, a ben vedere, il testimone era lui.

E Don Vito Coscarelli sarebbe stato comunque soddisfatto.

«Non preoccuparti. Non voglio ucciderti. Non l'ho pensato neanche per un nanosecondo. Perché ammazzare tutto questo ben di Dio?»

Gaet-One si innamorò senza silenziatore di Begonia. L'amore fa rumore.

Si amarono perdutamente per sei mesi. Poi arrivò il Vuoto. Quel bastardo. Una volta tanto fu univoco. Gaet-One, che al carcere di Gaeta era stato il numero uno, era ancora innamorato. Begonia no. L'assassino moriva trafitto dal Vuoto, per l'occasione trasformatosi in frecce di Cupido. Begonia era fredda. Gelida più di un killer. Gaet-One cominciò a perdere i colpi. Anche a letto faceva cilecca. Ma questo sarebbe stato il meno, almeno secondo Don Vito Coscarelli. Il fatto era che anziché piazzare pallottole in piena fronte, distrutto dal vuoto, le indirizzava a scapole alate, talloni d'Achille. Non uccideva più. Al massimo azzoppava. Don Vito Coscarelli non li voleva zoppi, li voleva morti. E Begonia non lo voleva più.

Quando i sicari di Don Vito Coscarelli irruppero nella stanza dell'Hotel Francia e Quirinale di Montecatini Terme per eliminarlo, da quel peso morto che era diventato, Gaetanone si sparò prevenendoli. Tra tanti cadaveri che aveva visto e prodotto, nessuno era morto per amore. Il Vuoto si fece quattro risate. Cinque, forse.

Begonia era fatta così. Da quando se ne era andata di casa all'età di quindici anni, aveva dispensato sesso, spesso e malvolentieri, a chiunque le capitasse a tiro. Non era una ninfomane. Non nel senso tecnico.

Cercava qualcosa e questo qualcosa le si materializzava tra le gambe sotto forma di pene di diversa misura. Cazzi suoi. Sbadigliando sulle discutibili performance degli infoiati, aspettava un'illuminazione.

Nel frattempo, con i risparmi sulla sua paghetta settimanale, e qualche lira tirata su insegnando equitazione, si era comprata uno stock di margherite di plastica. Le sfogliava chiedendosi: "L'amo o non l'amo?".

La risposta era sempre: "Non l'amo".

Begonia era corteggiata dal Vuoto ma non lo sapeva. Si accompagnò a uomini anziani, si accampò con boy scout. Ma rifiutò sempre quell'insidioso, morboso, incestuoso rapporto con il Vuoto.

Frequentò bagnini riminesi, ussari, alpini, marine, pompieri, impiegati del catasto, gangster, e persino un critico letterario, un coglione stile Joe Pacchiano fatto e finito. A proposito di Joe Pacchiano, la bella Begonia divenne l'amante, dopo le dipartite del bambacione e di quella di Gaet-One, di Don Vito Coscarelli. La costringeva (Don Vito) a non uscire di casa se non per andare a messa. Generalmente funerali. Anche Don Vito, forse a causa dei suoi ottant'anni, soffriva di cuore. Quando tirò le cuoia, durante un colpo di reni, Begonia si sentì libera, come in fondo era sempre stata. Per quanto fosse prigioniera della propria totale libertà. Di costumi. Costumi da bagno, tanga, parei che la svelavano senza rivelarla.

No. Begonia non era una ninfomane. Cercava semplicemente un pezzo di lego che combaciasse con la sua anima, passando per la vagina. Un modo come un altro. Ma l'unico che conoscesse. Sua madre la cercava per mari e monti mentre lei si trovava in pianura. Mamma si sentiva in colpa, Begonia orgogliosamente ventenne, no. Non vedeva l'ora di smetterla di scopare con cani e porci, soprattutto porci. Voleva darci un taglio. Cesareo. Veni, vidi, vici. Il Vuoto era molto preoccupato.

Nel corso degli anni avevo imparato a prendere le decisioni. Oddio: erano sempre le decisioni sbagliate ma, se non altro, avevo sempre in pugno le mosche della situazione. Mi aggiravo bello brizzolato al Mallia Residence di Roma, che quando era brutto tempo sembrava un cimitero di lusso con le giovani madri abbronzate dai tropici che si raccontavano flirt con indigeni, mentre i figli correvano esagitati, frignando per un nonnulla e ritrovando il sorriso con schizofrenica facilità. Io ascoltavo nel tavolino, a fianco delle più appetibili, facevo due passi tra la piscina e il campo da tennis, qualche sgambetto ai pargoli più rompicoglioni e poi tornavo alle madri di dieci anni troppo giovani per essere mie coetanee. Da quando era finita con Verde, mi facevo solo madri. No, nessun complesso di Edipo, erano tutte sulla trentina e qualche manciata, ma essendo già madri non potevano certo pretendere la paternità da un bellimbusto di sconosciuto.

Se non era il Mallia Residence di Roma, era lo Sporting Club di Montecarlo. Ci andavo sempre fuori stagione, quando le mogli annoiate avvertono il vuoto, io per vendetta le riempivo. Avevo avuto successo sul piano finanziario, diventando un apprezzato consulente matrimoniale.

«Ma come, lei non è sposato, cosa ne vuole capire?» chiedevano i danarosi clienti già visitati dal Vuoto, ma troppo legati economicamente per affrontare un divorzio.

«È proprio il celibato, la mia forza. Vedo la situazione da un punto di vista oggettivo. Sono super partes oltre che superdotato. Mi rendo conto che una scopata di sguincio non può intaccare qualcosa di solido come un matrimonio o un patrimonio, se non per motivi gravissimi.»

Così da eterno indeciso ero diventato un decisionista. Prendevo decisioni sbagliate ma chi se ne frega: decidevo per loro, mica per me. Un briciolo di morale mi era rimasto: mi occupavo solo di coppie di stronzi. Innocuo o pericoloso, ma mai iniquo. Se lo meritavano ero il boia dei sentimenti già morti e talvolta, miracolo, li resuscitavo. Decidevo benissimo per gli altri, impedendo che fosse il Vuoto a finirli. Un vero professionista. Freddo d'estate e caldo d'inverno. Un pompiere piromane delle vite altrui. Tutto questo finché non arrivò lei. Con il suo sorriso che era una bellissima piaga. Alle donne che vogliono cambiarti la vita bisognerebbe intimare, lapidari: "Piantala", ma lei non voleva cambiare la sua vita. Intendeva cambiare la propria.

Il primo incontro avvenne in farmacia. Io avevo bisogno di Alka Seltzer. Lei di assorbenti. C'era anche un tossico che voleva fare una rapina, ma il mio sguardo decisionista lo spinse a cambiare se non idea, farmacia. Anche se ero arrivato prima di lei, le cedetti il posto. Aspettò la mia ordinazione, radiografandomi.

Poi disse: «Posso offrirle qualcosa? Che so, un Mogadon, un Dissenten?».

«Grazie, ma non accetto sonniferi e antidiarroici da sconosciute.»

«Mi chiamo Begonia, e visto che sei talmente antiquato da non farti offrire da una donna, accetterò volentieri del filo interdentale.»

Begonia era così. Trasformava la Farmacia Dott. Sano in un luogo di perdizione come il Rick's Café di Casablanca. Mi invitò anche a cena. Accettai benché potesse essere mia figlia. Anche se come sapete io frequento solo le madri. Tranne la mia.

Scelse un locale alternativo. Una casa occupata in cui ci rimpinzammo di pasta e fagioli autogestita da piatti di plastica. Era bella, eccome. Mi corteggiò tutta la sera senza insistere troppo. Non mi fece piedino. Per fortuna. Perché lei calzava anfibi e io mocassini di camoscio da fighetta.

Le raccontai i miei ultimi vent'anni. Lei fece la misteriosa sui suoi primi. Quando mi riaccompagnò in albergo mi baciò dolcemente sulle labbra. Sparì nella notte. Aveva deciso tutto lei.

La mattina dopo ricevetti un mazzo di rose con un bigliettino: "Le rose domani saranno morte. Noi abbiamo più tempo".

Per due giorni non si fece viva. Due giorni in cui trascurai la signora Bok, trentasette anni, in dubbio se separarsi o suicidarsi. In fondo aveva l'età di Rimbaud al momento della morte. Begonia tornò nella mia vita quarantotto ore dopo senza dare spiegazioni.

«Dove sei stata?»

«Un po' qui, un po' là.»

Stavo per protestare quando mi porse un pacchettino infiocchettato. Conteneva un tranciasigari d'argento.

«Non dovevi» le dissi sentendomi un fesso.

«Infatti. Non dovevo, volevo.»

Insomma, aveva ribaltato quegli stupidi ruoli canonici maschio-femmina che preludono alla riproduzione. Nonostante tutti i miei saldi principi, dopo dieci giorni di bacetti Perugina e acquolina in bocca, ero sul punto di cedere.

Mi aveva stordito con le sue attenzioni e le sue affascinanti titubanze nel portarmi a letto, per non approfittare di me. Un vero playboy nel suo genere, Begonia. Alla mia non più verdissima età, dopo anni di decisionismo, ero stato ridotto a una titubanza da ragazza perbene. Stavo bene e stavo male. Ma del Vuoto nessuna traccia.

Ci deve essere una conclusione. C'è sempre. Altrimenti non avrebbe senso iniziare un nuovo racconto. Le conclusioni appagano o ti fanno pagare il conto dell'ultima cena, tanto per citare Andrea G. Pinketts, il mio scrittore preferito. Ma le conclusioni hanno un inizio come le serate. Non sai come vanno a finire anche se sai dove speri che vadano a finire.

Cenammo a base di aglio per dimostrarci reciprocamente di non essere vampiri. Non vedevamo l'ora di alitarci addosso. Quando due si fanno sangue e non sono vampiri, se ne strainfischiano dell'aglio, dei rutti e delle flatulenze presenti nel proprio patrimonio comportamentale.

«Sali a bere qualcosa?»

«Sì, berrò te. Dal sudore alle secrezioni alle lacrime.»

Abitava in un loft.

«Posso prepararti un Manhattan o preferisci scopare?»

«È tutta la vita che bevo Manhattan.»

«E col sesso?»

«Lo reggo meglio del Manhattan.»

Facemmo l'amore, che è esattamente come fare del sesso solo che dura di più. Oddio, non sempre. Ci addormentammo ubriachi, l'uno dell'altra.

Mattino. Begonia stava esplorando con la lingua il mio orecchio sinistro quando in una cornice d'argento a fianco del letto, notai una foto che mi fece rabbrividire.

«Piantala, Begonia.»

«Vuoi che cambio orecchio?»

«Chi è la donna nella foto?»

«Mia madre.»

«Cristo, Begonia, sto per darti una notizia rispetto alla quale la Terza guerra mondiale ti sembrerà una partita di basket tra nani.»

«D'accordo, ma prima dammi un bacio preparatorio.»

«Piantala, Begonia. Verde è tua madre, no? Chi è tuo padre?»

«Se n'è andato di casa prima che nascessi.»

«Macché, è stato buttato fuori. Chiamami papà.»

«È mostruoso.»

«Peggio, è incestuoso.»

«Stai scherzando, vero?»

«Mi piacerebbe. Siamo in un bel casino.»

«Non puoi essere quello stronzo di mio padre.»

«E non è finita. Sono un verme. Ho inseminato tua madre in stato di ubriachezza.»

«Questo spiega perché sono così sbalestrata.»

Non sapevamo cosa dirci. Il vuoto. Tra un po' sarebbero arrivati i complessi di colpa. Tempo mezzo minuto. Suonò il citofono. Begonia rispose meccanica come un automa.

Poi annunciò: «È mia madre».

«Se non fosse una tragedia greca, direi che è una pochade francese.»

Verde ricomparve nella mia vita nel momento meno opportuno. Ero nudo come un verme. Il verme che ero.

Feci il finto disinvolto: «Ciao Verde. La situazione ha abusato di me».

«Ti trovo bene. Anche tu Begonia. Mi fa piacere rivederti dopo tutti questi anni.»

Alla faccia del fair play. Era sempre bella Verde.

«Mi sento un maiale.»

«Anch'io» disse Begonia tornando improvvisamente bambina.

Il Vuoto si era trasformato in una notte d'amore con la persona sbagliata. Verde non sembrava turbata. Solo leggermente seccata.

«Devo ammettere di essere un po' gelosa. Di tutti e due.»

Il Vuoto mi apparve. Stavolta era tornato identico a me. La sua espressione canzonatoria rivelava qualche sintomo di stupore per la reazione di Verde.

Ero il solo a vederla. Verde, indomita e bellissima, sorrise.

«Certo, questo nostro incontro è imbarazzante, ma non dovete preoccuparvi più di tanto. Begonia, quest'uomo non è tuo padre.»

«Ma va...»

«Di' "giuro".»

«La sera del concepimento di Begonia, quando hai creduto di violentarmi, eri talmente sbronzo che sei crollato a dormire. Dopo neanche una mezza erezione. Poi è arrivato l'altro. Il Vuoto. Era perfettamente sobrio. Aveva le tue sembianze, ma non eri tu. Mi sono concessa a lui in un momento di debolezza.»

«Hei...» intervenne il Vuoto spiazzato. «Non dirmi che non ti è piaciuto.»

Si era reso visibile anche a Verde e Begonia.

«No. Non mi è piaciuto per niente. Posso dire una cosa che una signora non direbbe mai? Scopi come un coniglio, ti svuoti subito. E perdipiù, hai portato vent'anni di vuoto nella vita di nostra figlia.»

«Devo dedurre che tu sei quello stronzo di mio padre?", disse Begonia al Vuoto, un attimo prima di tirargli una ginocchiata nei testicoli. Il Vuoto si accasciò. Begonia cominciò a prenderlo a calci.

«Piantala, Begonia» le intimai, «non merita nemmeno i tuoi piedi.»

Il Vuoto sparì. Si dissolse. Da allora non l'ho più visto. Verde e Begonia sono le mie donne. Forse un tantinello morboso, ma funziona. Ho una vita piena.

Anche quando uno è trino. Alla lunga gli capita di sentirsi solo. Così finii col raccattare in bar di pessima reputazione altri tre Neuroni che avevano abbandonato i racconti intorno al fuoco. Accettando la civilizzazione.

I loro nomi erano "Assone che si nasconde nella manica" e "Dendrite col dente avvelenato" nonostante il loro tentativo di farsi omologare accettando il battesimo, la comunione, la cresima. E il matrimonio. A un passo dall'estrema unzione erano tornati sui loro passi.

Una specie di conversione alla rovescia. Generalmente, come direbbe Custer che in realtà era tenente colonnello (il che la dice lunga sull'attendibilità della stampa) un non credente ha una conversione in punto di morte.

"Assone che si nasconde nella manica" e "Dendrite col dente avvelenato", a tardissima età fecero una conversione a U.U. Come Uroni. Per poi riservarsi, l'estremo piacere di tornare Neuroni. Prima di lasciarci le penne. Come direbbe Pete La Sharo, grande capo dei Pawnee Loups, avevano avvertito il vuoto oltre la siepe e il profumo delle begonie essendo entrambi molto vecchi diventammo subito vecchi amici.

Tra l'altro "Assone che si nasconde nella manica" non riuscì a nascondermi a lungo l'esistenza di una pronipote diciottenne "Sinapsi che attende di essere spiegata". Per fare bella figura le spiegai che in Epicuro il vuoto è come il bisnonno di una pioggia d'atomi che in caduta libera finiscono con l'incontrare un altro atomo, dando vita a qualcosa di mai visto. Un po' come noi Neuroni. Che senza sinapsi saremmo meno epicurei.

Sigaro tu, sigaro io

Le stagioni se ne vanno e poi ritornano con gli inte-
ressi. O per interesse. Come amori malati o amicizie
in coma.

Marina mi aveva lasciato. Non era più primavera.
Era un'anguilla che mi sentivo dentro. Un'anguilla
che giocava a srotolare il mio intestino per strappar-
mi una smorfia o una lacrima.

Il cartellone del teatro annunciava un recital del
Califfo. Califfo era un amico. Sorrideva dal manifesto
con un sorriso da lupo in fabula. E sia la favola che la
foto risalivano a qualche anno prima. Come la nostra
amicizia.

Mancavano due larghe ore all'inizio dello spettacolo
e così guadagnai l'entrata del teatro. C'erano nell'atrio
sei uomini in doppiopetto blu, alti uguali e pettinati
uguali. Andavano dai venticinque ai trentatré anni. A
occhio e croce. Erano la corte del Califfo, un po' segretari, un po' accompagnatori. Qualcuno ti deve accom-
pagnare al successo perché non ti trovi solo con lui.

Senza Marina, per esempio.

Gli uomini in blu mi riconobbero e mi porsero le
mani da stringere.

«Il Califfo è andato al bar a farsi una birra. Vai pure ad aspettarlo in camerino» dissero i sei.

«Grazie, grazie, grazie, grazie, grazie, grazie» dissi io.

Mi incamminai verso il camerino del teatro. C'era un lungo fitto corridoio nero che mi separava dalla piccola stanza dei complimenti. Lo percorsi a grandi passi perché l'anguilla nel mio stomaco non mi mordesse nel buio. Una sagoma con gli occhi sbarrati mi si parò davanti. Uno specchio. Un'altra sagoma mi si parò dietro. Un amico.

«Ciao.»

«Ciao Califfo. Mi hai fatto paura.» Sorride.

L'anguilla si calmò. Califfo aveva qualche ruga in più che sul cartellone. Ma almeno non era di carta. La sua era una bellezza ammaccata da angelo caduto che nella sua caduta ha picchiato il naso. Aveva avuto una disavventura giudiziaria e mi ero premurato di spedirgli un paio di telegrammi.

«Sei stato gentile a mandarmi i telegrammi quando ero dentro.»

«Figurati. Chissà quanti ne avrai ricevuti?!»

«Sì. Però i tuoi erano gli unici in rima.»

Ridemmo insieme e l'anguilla morì. Entrammo contemporaneamente nel camerino. Fu come tagliare un traguardo in due. Il camerino era lì. Nudo ma senza ipocrisie. Non era né il palcoscenico del teatro dove recitava Califfo, né la vita dove recitavo io. Il Califfo strappò due lattine di birra e me ne porse una.

«Come ti va allora?»

«Bene. E a te?»

«Bene.»

Ridemmo ancora. Non andava abbastanza bene per nessuno dei due.

«E... di', Califfo, e quella mora che ti mandava i fiori?»

«Non me ne manda più. Ha lasciato il marito, quello che faceva il fiorista. E tu, fai sempre le inchieste per conto del senatore?»

«Figurati. Il tempo passa. Sto facendo un'inchiesta "sul" senatore.»

Brindisi di lattine vuote. Due voci roche che si accordavano per un concerto sull'amicizia. L'unica cosa che ti resta quando capisci che da solo non ti basti. Forse perché sei di troppo.

«Come mai ti tieni sempre intorno quei sei segretari vestiti di blu?»

Mi indicò la sua giacca blu: «Metti che mi si macchi!».

«Coi processi, come sei messo?»

«Cosa vuoi. Ne ho ancora un paio, ma le accuse sono cadute.»

«Altre due lattine di birra alle accuse cadute!»

Non eravamo, nessuno dei due, stinchi di santo. Ma eravamo rimasti innocenti. Come bambini. Quei bambini dispettosi che danno i calci negli stinchi di santo...

Eravamo soli, ognuno coi suoi ricordi, come due animali di una specie in via di estinzione che, essendo dello stesso sesso, non possono riprodursi. No. Non soli. In un angolo meno illuminato del camerino spuntava qualcosa. Un piede. Una gamba. Una coscia...

«È una donna» constatò Califfo.

Aveva seguito il mio sguardo. Era una donna nuda, con biondi capelli. Sdraiata, immobile, bella. Morta.

Non eravamo più soli. L'anguilla mi morse a tradimento.

«Chi è, Califfo?»

«E che ne so. Prima non c'era.»

Ci inginocchiammo vicino al cadavere. Califfo le scostò i capelli biondi che le coprivano parte del viso.

«Marina!» gridai. L'anguilla impazzì.

«Ah, la conosci?!» disse Califfo scaricandomi la responsabilità del cadavere.

«Sì, la conosco. E con questo? Vuoi che te la presenti? Che cavolo ci fa Marina morta nel tuo camerino?»

«Non ne so niente. Manco la conoscevo. Forse voleva un autografo.»

«Nuda? Non era da lei. Ci metteva delle ore a scegliere cosa mettersi.»

«Senti amico. Questa mezz'ora fa non c'era. Non penserai che l'abbia ammazzata io e poi abbia recitato, qui con te, la commedia – *Come eravamo* – con un... cadavere?»

«Si chiamava Marina» ruggii, «e l'amavo... credo.»

Califfo mi guardò nello stesso modo con cui io l'avevo guardato poco prima.

«Ehi Califfo, non penserai che l'abbia ammazzata io? Poi l'abbia spogliata e portata nel tuo camerino a fare conversazione?»

No. Non eravamo più soli. C'era il sospetto reciproco che serpeggiava tra noi. Adesso c'erano due anguille da ammazzare per tornare amici. Da ammazzare come Marina. Due anguille marine, non di fiume.

«È strano come in certi momenti ti vengano in mente certe stronzate.»

«Chiamiamo la polizia?» dissi temendo di sentire un suo "No" che avrebbe pompato il sospetto.

«No...» disse, «se ti beccano con la tua ex fidanzata diventata cadavere ti arrestano subito.»

Era generoso, Califfo.

«Ok, Califfo. Comunque dobbiamo fare qualcosa.»

«Intanto copriamola... voglio dire vestiamola, mettiamole addosso qualcosa.»

«Che ne dici di farci prestare una giacca blu dai tuoi segretari?»

Mancava solo un'ora allo spettacolo. Un'ora in cui decidere se mi fidavo di Califfo e se lui, sempre che non fosse colpevole, si fidava di me. Un'ora, prima che arrivasse qualcuno per cui Marina era solo un cadavere e non una nuda amicizia vacillante.

«Sai, non me ne frega niente se l'hai uccisa. Però potresti dirmelo. Sennò come faccio ad aiutarti.»

«Cooosa! Califfo! A te non te ne frega niente se IO l'ho uccisa. Grazie della fiducia. E se io ti dicessi che anche se l'ho amata non me ne frega niente che TU l'abbia uccisa purché tu me lo dica?»

Califfo mi afferrò per la giacca.

«Ma se io manco la conoscevo 'sta qui!»

Mi liberai con uno strattone e lo presi alla gola.

«Il suo nome era Marina... non "'sta qui"» gridai.

Poi allentai la stretta. Tutto da rifare.

«Senti, dobbiamo chiamare qualcuno e farci aiutare a sbarazzarci del cadavere. Chiamiamo i tuoi segretari?»

«E tu ti fideresti? In fondo non sono amici. Sì, mi stanno vicini perché li pago. Si augurano che abbia successo perché possa continuare a pagarli, ma... amici? Non ci giurerei. Mi stanno intorno. Ecco tutto. Mi chiedono se ho bisogno di qualcosa, se voglio bere... corrono a prendermelo e magari si augurano che mi vada di traverso. Il successo è duro da digerire e da far digerire. E se chiamassimo il senatore, il tuo ex principale per il quale facevi le inchieste? Lui ha il pelo sullo stomaco e potrebbe darci una mano.»

«Hai detto bene, Califfo: ex principale. Sto facendo un'inchiesta sul senatore, il mio ex principale, per scoprire come si è fatto crescere tutto quel pelo sullo stomaco. Il senatore mi vedrebbe volentieri al posto di Marina... lì...morto, per terra. E senza fiori al funerale... fiori... certo Califfo... fiori... Ma senti... Califfo, la tua ex donna... la moglie del fiorista... lei... forse... ci potrebbe procurare un alibi... un...»

«Un bouquet di crisantemi. Ha lasciato suo marito e me contemporaneamente. Diceva che non eravamo fedeli! Figurati che dopo tutti i fiori che mi ha mandato, l'ultima cosa che mi ha spedito è stato il conto.»

Ridemmo tutti e due. Perché eravamo disperati con il cadavere di Marina e nient'altro. Nessuno su cui poter contare. Veramente soli ora, anche se in due. Finalmente soli. Sì, finalmente soli perché nuovamente amici.

Califfo frugò nel ripostiglio e trovò una cassetta degli attrezzi. C'era anche una sega. La prendemmo e, un po' per uno, segammo Marina e le nostre reciproche diffidenze.

Fu un lavoro duro ma non molto lungo: Marina ci aveva sempre tenuto alla linea. Ne raccogliemmo i resti e li infilammo in una delle valigie di Califfo.

La polizia irruppe nel camerino in quel momento. Erano stati avvertiti da una telefonata anonima. Perquisirono il camerino e aprirono la borsa di Califfo.

«Si chiamava Marina» dicemmo io e Califfo contemporaneamente.

Ci blindarono, ammanettarono e condussero verso un cellulare.

Passammo anche nella hall del teatro. C'erano i sei segretari in blu, l'ex moglie di un fiorista e un senatore sotto inchiesta. Sorridevano tutti sotto i baffi, soddisfatti. Chi era stato a uccidere Marina e a usarla contro di noi? Tutti quanti? Uno solo di loro? E chi? Non eravamo stati né io né Califfo. Non importa né chi è morto, né chi ha ucciso. Ciò che conta, che importa, è chi resterà a vivere. E come.

Io e Califfo eravamo rimasti amici pur credendoci colpevoli l'un l'altro. Questo contava. Salimmo sul cellulare.

«Vedrai che alla fine scopriranno che è stato uno di loro.»

«Certo. Ho fiducia nella giustizia... e sai, per caso, quanti anni danno per occultamento di cadavere?»

Riuscii a convincere i poliziotti a farci fumare. Presi dalla tasca della giacca due sigari e ne porsi uno a Califfo. Ce li fumammo insieme. Pensosi e sorridenti.

Sigaro tu. Sigaro io.

Fumavamo come dei turchi e bevevamo come dei cosacchi pur essendo Neuroni. L'alcool come neurotossina (sostanza capace di uccidere cellule cerebrali) rimane una nozione controversa.

L'alcool fornisce calorie che riducono l'appetito. Gli al-

colisti hanno una dieta carente che producendo l'assenza *(il Vuoto di nuovo)* di vitamine di serie B, ha come conseguenza la distruzione di cellule cerebrali nelle aree interessate alla memoria e alla coordinazione.

Forse eravamo noi stessi a estinguerci nel corso di una bella amicizia. Del resto ognuno ha i suoi gusti.

"Assone che si nasconde nella manica" aveva il vizio del gioco. *"Dendrite col dente avvelenato"* la gengivite, una perversione orale. *"Sinapsi che attende di essere spiegata"* una passione sfrenata per i mocassini in pelle di cervo, di vitello o di bisonte. Una sera si presentò con un nuovo paio di scarpe.

«Ti piacciono?»

«Belle» dissi disinteressato.

«Sono di Palle di Daino.»

«Come di Palle di Daino? Di pelle di daino vuoi dire?»

«No. Di Palle di Daino. Se le è vendute alle giacche blu.»

Diamonds are for never

Che differenza esiste tra un uomo immaturo e un caco troppo maturo? Nessuna se l'uomo si getta da un cavalcavia e si spatascia su un suolo accogliente. Dicesi suicidio. Suona male. Meglio "farsi fuori", "chiamarsi fuori".

Qualsiasi cosa fuori, piuttosto che non tenersi tutto dentro. E se ti butti da un ponte sull'asfalto dentro resta ben poco. La materia cerebrale, per prima, schizza fuori, finalmente libera di essere inutile: è primavera.

Il letargo è finito. È il momento di uscire dal cranio di una testa di cazzo.

Le auto correvano verso il weekend inseguendo il tempo. Clima mite e automobilismi. L'autoimmobilismo è un posteggio, la sosta in un porto sicuro, la siesta in un porto delle nebbie in attesa che la nebbia diradi.

L'automobilismo, invece, rende nervosi. Il motore acceso costringe al movimento, disturba il can che dorme, anche se è morto. Un'auto, del resto, è bella, inarrivabile e, pensa un po' te, vergine solo dietro la vetrina di un autosalone.

Lontano dalla città-dormitorio, verso il mare. Superare gli autogrill per farsi una grigliata. Lidi Ferraresi. Con la bella stagione, finalmente, sarebbero tornate le zanzare.

Mamma disse a Papà: «Hai preso dentro un can».

«Spero che non mi abbia sporcato i parafanghi, quel bastardo.»

Il Bambino protestò timidamente: «Papà, Dylan Dog dice che non bisogna abbandonare i cani sull'autostrada».

«Chi è 'sto Dylan Dog?» chiese Papà annoiato.

«È un fumetto. Possibile che ti non sappia neanche cosa legge tuo figlio?» intervenne Mammà.

«Sono cose diseducative, io da bambino leggevo *jacula, Spermola, Chiavala*, almeno ti insegnavano qualcosa.«

«Ah, per quanto riguarda la teoria sei fortissimo, è la pratica che ti fotte.»

«No, carina, sono io che ti fotto, anche se tu non te ne accorgi. Sei rigida come un cadavere.»

Al cadavere, fischiarono le orecchie. Vuoi perché era stato citato, vuoi per le conseguenze del passaggio a centottanta all'ora di un'utilitaria dal motore truccato.

Oltre a fischiare un inno alla primavera, le orecchie si separarono, divise da una ruota che passò sul cranio. Papà e Mammà continuarono a litigare: «Mi hai fatto fare 'sta levataccia per evitare le code, troia, e ti lamenti pure!».

«Sentilo, lo stronzo, uno che dice cazzo ogni due parole giusto per farsi un pompino da solo. Sai che la maestra ha detto che tuo figlio è bravo solo in parolacce? Chissà da chi avrà imparato!»

150

Il Bambino ritentò: «È vero che non bisogna abbandonare i cani sull'autostrada».

Papà: «Sentilo, 'sto figlio di puttana!».

Mammà: «Puttana a chi?».

«A chi non te lo dice.»

«Impotente!»

«E lui come sarebbe nato?»

«Con Gino, l'assicuratore, te lo ricordi?»

«Zoccola!»

«Porco!»

«Ma sì, dimmelo che mi eccito!»

Le mise una mano sulla coscia. Si fermarono sulla corsia d'emergenza. Alle sei del mattino non c'era in giro nemmeno un cane morto. Sfollarono il Bambino dall'auto e fecero l'amore, l'orrore, l'errore che li teneva uniti.

Sarà stata la primavera, ma si comportarono esattamente come quando erano fidanzati. L'età dell'oro in cui i sedili erano solo ribaltabili e lo sperma millesimato era più inebriante dello champagne. Finito. In fretta, come sempre. Si erano clacsonati, strombazzati, trombati in quinta.

Tornarono a zero. Se non appagati, svuotati, o riempiti a seconda del caso. Il Bambino osò farsi vivo.

«E allora, si va o no al mare?»

«Sì, caro, basta che a scuola non dici più parolacce» rispose Papà, spompo e conciliante.

Mammà, goduta e un po' sfatta, era anche lei un'utilitaria col motore truccato, ammiccò a Papà in piena celia postcoitum.

«A casa non le dice di certo, amore. Non può, le dici tutte tu...»

Il Bambino, scocciatissimo, non potendo mordere, si limitò a non demordere.

«Dylan Dog dice che non bisogna abbandonare i cani sull'autostrada.»

«E chi li abbandona? Io l'ho solo investito.»

Ma non si trattava di un cane. Forse, visto che il tipo si era suicidato, prima del salto si era sentito solo come un cane. Adesso però era un corpo, da cui fuoriuscivano gli organi tristi come organetti che intonavano un *Happy Birthday* all'impassibile, innegabile primavera.

Poi arrivarono le auto. Ancora sporadiche. La gente di domenica dorme e non piglia pesci e non piglia sotto presunti cani e non prende sottogamba i cadaveri dei suicidi.

Un paio di passaggi e il corpo non somigliò più a un cane. Divenne un informe fagotto. Su cui era destinato a incappare il pullman Milano-Lido della Pentola.

Venticinquemila lire tutto compreso.

Partenza alle sei da Piazza Frattini per raccogliere altri pellegrini. Un altro paio di fermate a Lotto, e in Via degli Eustachi, per caricare quelli dei padiglioni.

Il piano era perfetto.

Appoggiarsi alla Cooperativa di Viale Misurata, dove gli sbevazzoni in pensione organizzavano gite sociali. Una perfetta via di fuga.

Chiunque altro sarebbe fuggito a Cuba dopo aver rubato tutti quei diamanti alla mala. Ma Nico ci aveva pensato su. Aveva meticolosamente turlupinato la Cooperativa e i fratelli Manzo.

Si era ripromesso di arrivare ai Lidi Ferraresi in pullman, mentre i superstiti dei Manzo, due di loro li aveva "sparati", lo cercavano negli aeroporti.

Poi, dai Lidi Ferraresi si sarebbe eclissato col tempo. A Gillo Manzo, aveva sparato in un occhio. Con Furio Manzo, si era limitato al pacco, i testicoli insomma. Quegli stronzi lo tiranneggiavano da un pezzo.

Un piano perfetto per uno psicopatico.

«Bel ragazzo» dicevano di lui, ma solo i borgatari. Lo avevano detto persino di Pino La Rana, quello che aveva fatto fuori Pasolini, e Pino, dopo il bacio mortale al poeta, era tornato un principe.

«Ostia! Come avevano fatto a credere in un complotto a Ostia?»

A Ostia le cose vanno come vanno a Ostia.

Nico ci era nato, a Ostia. A ottobre era ancora estate e Nico, col suo fisico da indossatore, aveva sempre voluto andarsene, per arrivare in Francia o a Piazza de Spagna. Basta che se magna.

Stempiato per ereditarietà ("Sembri un lord") cattivo dalla nascita, sua madre era morta di parto. Nico stava pensando a come sbarazzarsi degli insulsi passeggeri del complice che gli faceva da autista. Un bel rogo. Un finto incidente in modo che *Chi l'ha visto?* spendesse giorni nel tentativo di identificare i cadaveri, un bel forno crematorio a sessant'anni di distanza.

Si era sorbito persino la dimostrazione di un'affettatrice, la ditta era stata contattata direttamente da lui. Ora osservava quei pensionati idioti convinti che se la sarebbero cavata senza comprare pentole e finire in padella.

Li odiava. Gli ricordavano i suoi genitori. Non vedeva l'ora di farli fuori.

A piazzare i diamanti ci avrebbe pensato in un secondo tempo.

Lui usciva sempre dal cinema al primo tempo, se non moriva nessuno. I passeggeri erano canterini.

«Romagnaaa miaaaa, Romagna in fiore...»

«E ora la dimostrazione di Affettaqua, la migliore affettatrice.»

Da venditore tentò il colpo. Perché crearsi dei rimorsi? In fondo era tutta gente con un piede nella fossa: cremandoli avrebbe risparmiato ai parenti la spesa dei fiori.

Qualche imbecille aveva acquistato una pentola dal venditore, un grassone in giacca rossa e pantaloni attillati. La morte termina. Non sé, gli altri. Solo i diamanti sono per sempre. Gli altri erano destinati all'inceneritore di un colpo riuscito. Lui era l'uomo coi pantaloni attillati.

I diamanti sono per sempre, loro, il resto muore, come gli amori in aspettativa di essere corrisposti. Tino Pepe aveva tutto del Tino per l'aspetto fisico e poco del Pepe.

Sembrava una botticella, ma gli mancava quel quid per essere simpatico, anticonformista e un po' mascalzone. *Brillante,* insomma.

Facendo nella grassa vita di professione l'orafo, non aveva mai avuto problemi a procurarsi brillantini e a volte anche pietre un po' più serie da donare a chi, come lui, che cospargeva i suoi pochi capelli di brillantina, non li meritasse.

Gente calva, a cui offrire Calvados. Visto che, vuoi

per timidezza vuoi per quello che lui non avrebbe mai voluto, le uniche ragazze, donne, persone che osava abbordare erano quelle in chemioterapia si era convinto che nessuno senza più capelli, avrebbe osato rifiutare il suo dono.

Era diventato abilissimo nel riconoscere le parrucche, i parrucchini. Non contava il sesso, purché gli dessero un bacio con quelle labbra smunte.

La vita fa schifo. D'accordo, ma la morte è peggio. Più o meno come lanciarsi da un cavalcavia. Non si sa mai bene come ti riduci. Meglio insidiare, sinuoso, persone corteggiate dalla morte che però hanno possibilità e voglia di vivere.

Meglio festeggiare queste gite con annessa promozione di utensili in cui è più facile trovare persone disposte a illuminarsi di fronte al luccichio di un brillante, anche piccolo, che garantisca un amore promosso rispetto a una morte rimandata.

Quando Tino Pepe aveva cercato di proporre il suo patetico anellino con brillanti a persone apparentemente sane, glielo avevano sempre tirato dietro. Tranne una puttana, ma lui era un tipo furbo, e alle puttane donava solo zirconi.

Con altre donne gli era andata male. Avevano riso di lui. Le più oneste non si facevano comprare con una pietra da un uomo viscido. Le meno oneste non sapevano riconoscere un mecenate da un magnaccia e pensavano che fosse farloco come i suoi brillanti.

Maria Teresa Ruta, a cui lo aveva spedito per posta, glielo aveva restituito. La showgirl agli sgoccioli lo aveva fatto per educazione. Insomma, quella ridicola montatura, per Tino, fungeva da catafalco.

Lui, che avrebbe potuto essere *brillante* solo se fosse stato un altro, si scopriva *solitario*, da gioielleria in disuso. Una perla nera, un pirla bianco, anzi bianchiccio che nessuno accettava neanche regalato.

Mai sottovalutare il giorno prima. È il giorno in cui si lanciano i dadi che ci mettono ventiquattrore per dare un risultato. Il giorno prima del Giudizio Universale (Dio non gioca a dadi) è quello in cui preparare la propria arringa difensiva.

Il giorno prima della resa dei conti, è quello in cui lucidi le pallottole sul pallottoliere. 20 marzo, il giorno prima della Prima Vera.

Più prima non si può. Ostia. Un caldo dell'ostia, specie per Sora Nella, la cui testa viene spinta verso un pentolone di trippa fumante.

Altro che tortura cinese. Una tortura lombarda, con fagioli bianchi, patata a dadi e due tondini di carota per fare colore. È il metodo con cui i fratelli Manzo superstiti vogliono estorcere informazioni alla nonna di Nico.

Bassi come la loro fronte, impeccabili nei loro abiti Principe di Galles, a parte qualche schizzo di trippa, cespugliosi nell'anima come nelle sopraciglia.

Sora Nella somiglia a Katia Ricciarelli.

Nella voce, mai sentita nessuna starnazzare così: «Nun lo so, te ggiuro che nun lo so!».

Il Manzo maggiore l'attira a sé prendendola per la crocchia.

«Non parlare in romanesco, brutta vacca! Sono di Cinisello Balsamo e odio i romani!»

«Nun so' romana, so' de Ostia!»

Il Manzo minore la schiaffeggia.

«Non hai sentito cosa ha detto mio fratello?»

Lo schiaffo fa volare la dentiera di Sora Nella, i denti artificiali in caduta libera si inabissano nel pentolone di trippa. Sora Nella biascica qualcosa: «Senza dentiera non si capisce un cristo di quello che dici: raccoglila!».

Sora Nella affonda le mani nella trippa fumante. Urla. Lacrime calde e trippa bollente. Si rimette la dentiera.

«Nun so gnente degli ottanta brillocchi!»

Un altro sberlone e parla in italiano.

«Mio nipote è pazzo. A Cinecittà snobbava le altre comparse, manco fosse Amedeo Nazzari. A lui piacciono le cose complicate, quando era ragazzino, pardon, a scuola scriveva da destra a sinistra per distinguersi dagli altri.»

Manzo minore è impaziente: «Me ne fotto della storia della sua vita! Voglio sapere dov'è!».

«Potevate dirmelo prima. Mi avete chiesto dove sono i brillocchi, pardon, brillanti, non dov'è Nico. M'ha detto che domani va ai Lidi Ferraresi, una gita in pullman in cui venderà articoli da cucina. Il suo primo lavoro onesto, core de nonna.»

Manzo maggiore dice al fratello: «Chi conosciamo nel pentolame?».

«Nun so.»

«Mannaggia, t'ha contaggiato... a proposito di pentolame...»

Afferra la crocchia di Sora Nella e l'affoga nel pentolone. La trippa morde coi suoi serpenti ustionanti la faccia paffuta. Si sente un *sffffrrrrshhh*.

Nico era pazzo. Avrebbe potuto benissimo scappare ai Lidi senza mettere in piedi la storia del pullman, ma core de nonna, voleva distinguersi. Gli piaceva l'idea di giocare al venditore e di fare una strage.

Aveva visto tre volte NATURAL BORN KILLERS e sette NATURAL PORN KILLERS (la versione *hard* di Udo Kuoio, il "re della frusta" passato alla regia).

Ottantadue passeggeri erano incantati dalla sua parlantina. Anzi, settantanove. Un ometto sudaticcio fissava concupiscenza una ragazza calva, magra e macilenta come un chiodo arrugginito.

«E ora la dimostrazione con l'affettatrice. Vorrei attirare l'attenzione sulla lama. Segherebbe un elefante... figuratevi un prosciutto.»

L'affettatrice elettrica ronzava alla perfezione, come previsto. L'imprevisto era un cadavere in mezzo alla strada. L'impatto col pullman spiazzò Nico.

A volte basta un sussulto. La lama penetrò il collo della Vedova Ciacci, che non era un elefante. Fece il proprio dovere. Una diarrea di sangue inondò la Vedova Mori, sua vicina.

Il pullman cominciò a ululare settantanove versioni di raccapriccio. Nico provò un orgasmo. Si sentiva il pilota nei film *Airport* (uno qualsiasi della serie): «Signori vi prego di mantenere la calma».

L'autista frenò.

«Chiamiamo l'ambulanza!»

«A che serve? Negli ospedali mica riattaccano le teste.»

Qualcuno cominciò a vomitare la prima colazione. Tè e biscotti. Nico perse il controllo, cosa che in *Airport* non avveniva mai al protagonista.

La Vedova Mori gridava: «Uhggesù! Uhggesù! Uhggesù!».

«Augh!» le disse Nico infilandole l'affettatrice nello sterno.

Poi estrasse la pistola.

«Vorrei attirare l'attenzione sulla quarantaquattro magnum. Se l'elefante di cui parlavamo prima fosse agonizzante, con questa gli si potrebbe dare il colpo di grazia. Oggi sono in vena di confidenze. Ho in tasca ottanta diamanti, inattaccabili dagli acidi, durissimi, al decimo grado della scala di Mohs. Ho architettato un piano perfetto e non posso permettere a nessuno di rovinarmelo: né al cane che abbiamo tirato sotto, né tantomeno a voi. Piantatela di frignare che devo pensare.»

Una manina grassoccia si alzò timida. Tino Pepe con vocetta blesa, osò: «Signore, scusi, dico a lei. Guardi, io ho questo anello. La montatura non è un granché, ma la pietra è interessante. No, non mi permetterei mai di paragonarla alle sue, non me le mostri le credo sulla fiducia».

Nico sudava: «Dimmi cosa vuoi e falla finita».

«Ecco, signore. Io conduco una vita riservata, ma so come vanno le cose nel mondo. Ormai ne ha fatti fuori due. Siamo rimasti in ottanta proprio come i suoi diamanti. Ora, dubito che lei abbia ottanta colpi. Qualcuno di noi morirebbe di sicuro, ma ribellandoci potremmo sopraffarla. Anche queste pietose carcasse sono morte e non lo sanno, riuscirebbero ad avere ragione su di lei. Siccome la ritengo una persona intelligente, le faccio una proposta. Le cedo il mio brillante come modesto dono, in cambio di un favore...»

«Spara pure.»

«No, spari lei. Spari all'autista.»

Nico, intrigato dal gioco, eseguì.

«Bene, signore, ora ha un colpo in meno. Veda, mi piacerebbe abusare sessualmente della signorina chemioterapica. Dopo averlo fatto, vorrei che lei mi sparasse.»

«D'accordo, e con gli altri passeggeri come la mettiamo?»

«Spari i restanti colpi nel serbatoio.»

«Bella idea. Mi spiace ammazzarti, avremmo potuto essere amici...»

I restanti fratelli Manzo sopraggiunsero mentre Tino Pepe esplorava il reggiseno (della prima misura neanche riempita) alla sua ragazza.

La prima e l'ultima. Nico era distratto dall'oscenità (NATURAL BORN KILLERS al confronto era MARY POPPINS).

Aprirono la portiera.

«Cu cu!» disse Manzo maggiore.

Nico adorava Clint Eastwood. Lo sparò. Gli sparò non rende. Gli sparò significa sparò a lui. Lo sparò, invece, sparò lui. Dritto all'inferno. Manzo minore era diventato figlio unico.

Il pensiero lo atterrì, ma non lo atterrò. Lasciò cadere la pistola e afferrò Nico al collo. Ad atterrare Manzo minore furono tutti i proiettili con cui Nico arricchii di occhielli il suo Principe di Galles.

Stallo. Giusto il tempo per riprendersi.

«Dove eravamo rimasti?»

«Dài, vai avanti...»

Tino Pepe scosse il capo.

«Mi dia qualche minuto, cortesemente. L'organo non è in posizione eretta, spero voglia capirmi. Sono un tipo sensibile, la violenza di primo acchito mi blocca.»

La Vedova Morisi, un donnone triestino che aveva più volte sconfitto il tumore, lasciandogli in contropartita le tette, si alzò.

«Adesso basta, semo stufi!»

Si lanciò contro Nico. Nico la sparò. Anzi, tentò di spararla. La pistola fece *click click click click... ad libitum*. Cercò disperatamente l'affettatrice. Per la foga, strappò la spina dalla presa. Ci provò con un patetico: «Occhei, stavo scherzando».

Gli balzarono addosso. Cercò di difendersi con la risibile batteria di pentole. Ma fu tutto inutile. Mani artritiche lo dilaniarono, persone a cui il tempo aveva rubato la giovinezza, gli rubarono la vita. Un pezzo alla volta.

Tino Pepe, sollevandosi dalla sua non condiscendente compagna di viaggio, si esibì in un pietoso:

«La montatura non è un granché, ma la pietra è bella. Lasciatemi almeno finire.»

La sua ex fidanzata gli morse l'uccello floscio. Fu solo il primo, fra i morsi. Dalle tasche di quello che restava di Nico, fuoriuscì un sacchettino. Ottanta diamanti si sparsero brillando per ottanta superstiti.

Non ci fu bisogno di litigare. Scesero dal pullman. Con la pistola di Manzo minore diedero fuoco al carcassone seguendo le istruzioni del non compianto Tino Pepe. Osservarono bruciare il pullman, pensando alle storie che avrebbero potuto raccontare in Cooperativa.

Poi fecero l'autostop a pugno chiuso, col pollice in libera uscita.

Il Bambino chiese al Papà: «Come mai oggi non siamo andati a pranzo dalla nonna? È domenica».
Papà rispose: "Mah, so che doveva partecipare a una specie di gita...".

*Oramai eravamo ridotti alla frutta. Altro che Red Power. Nel 1973 l'*AIM *(American Indian Movement) aveva tentato un'occupazione violenta a Wounded Knee, il luogo in cui il 29 dicembre 1890 era avvenuto un cieco massacro di uomini, donne e bambini indiani, a opera dell'esercito statunitense.*

Nel '73 morirono due indiani e un poliziotto rimase ferito. Poteva andare peggio. Ma era già andata peggio quando dopo il massacro del 1690 avevamo smesso di fare resistenza. Per un periodo ho trafficato in perle di vetro. Sono state importate con l'arrivo dei bianchi che ce le spacciavano per diamanti. Li abbiamo ricambiati della stessa moneta con la nostra famosa oggettistica ricamata.

"Il sacro wampun" direbbe Tex Willer. In realtà, cinicamente le consideravamo perle per pirla.

Ultime cartucce a Cattolica

Adone "portava" novant'anni. Non li portava né bene né male. Perché chi ha novant'anni è al di là del bene e del male. E prima di accedere all'"aldilà", quello totale, conserva ricordi che si rifiuta di giudicare per non tradirli con etichette, prezziari, che li renderebbero emozioni da supermarket. Se Adone però avesse chiesto a chiunque un parere sui suoi novant'anni, il responso sarebbe stato che li portava benissimo.

Anche Atlante reggeva, portava benissimo il mondo sulle proprie spalle. Sarebbe bastato però il garbino, un vento irriverente, o inciampare in un gradino, e sia Atlante che Adone, patapunfete, barcollando avrebbero perso il peso. Il peso ma non il vizio. Il vizio di essere dei pesisti. Dei culturisti più che degli acculturati. Gli acculturati sanno. I culturisti sono. Se non altro, un ammasso di muscoli.

Ma questo era il bello della vecchiaia: invecchiando, contrariamente all'opinione comune, non ti indebolisci. Anzi, diventi più forte. Sei un culturista della vita che solleva un chilo per ogni anno vissuto. Novant'anni, novanta chili. Sei anche più forte di qualsiasi altro culturista, perché loro sollevano solo in gara o in allenamento, tu, i tuoi novanta chili d'età, non li molli neanche per un attimo.

Certo, Adone ogni tanto aveva qualche problema con la memoria. Vita lunga, memoria corta. Non si ricordava in che anno la Romagna si fosse ribellata a Papa Gregorio XVI, ma sicuramente era stato prima che lui nascesse. Certe cose, però, se le ricordava benissimo: era a Cattolica per uccidere un uomo.

Cattolica. Già, Cattolica. A Rimini si davano un sacco di arie perché c'era il Paradiso un locale notturno. Ma Cattolica è citata nell'*Inferno* di Dante. Ventottesimo canto. Questo, Adone, se lo ricordava benissimo. Cattolica è cattolica e pagana. Non ama le alghe e flirta coi tedeschi. I gusti sono gusti.

I due amori di Adone

Cattolica è egocentrica ma non egoista. C'è un sindaco pazzo e geniale, che vuole riaprire le case chiuse. Be', adesso che le discoteche chiudono prima bisognava pure aprire qualcosa. Se ogni città è una donna, Cattolica è Salomè. Solo che balla la mazurka. Cattolica era il secondo amore di Adone. Il primo era morto per colpa dell'uomo che lui doveva uccidere.

Adone camminava eretto. Indossava un completo di lino bianco e un panama. La camicia aperta sui peli bianchi del petto era azzurra. Azzurra come i suoi occhi. L'azzurro della camicia era un po' liso. Gli occhi no. Gli occhi erano come nuovi. Dal mascellone alle gote il viso di Adone era arrossato. Si era tagliato il barbone bianco che da un anno gli incorniciava il volto, con un rasoio a mano.

Camminava sicuro per il lungomare Rasi Spinelli per raggiungere il Cico Bar dove il suo nemico lo stava aspettando con gli stessi bellicosi intenti. Il nemico si chiamava... toh... un vuoto di memoria... Egidio.

Erano nemici da settant'anni. Il motivo per cui Egidio non piaceva a Adone piaceva sia a Egidio che a Adone. Si chiamava Olghina Fussi. Era morta da un anno, ottantanovenne. Adone cercò di ricordarsi perché. Ciò che si ricordava benissimo era la sera precedente al suo Ferragosto di fuoco.

Aveva gironzolato per Cattolica. Costeggiando Via Dante osservava i negozi che vendevano dal platino alla paccottiglia, dai giubbotti di pelle alle piadine in ceramica. Via Dante alle undici di sera era illuminata come una discoteca. E sembrava una discoteca, grazie alle commesse in miniabiti di stretch che esibivano forme per cui ringraziare madre natura e un padre qualsiasi, anche se ignoto. Erano provocanti ma pudiche.

Alle luci di Via Dante si era aggiunta la luce rossa nei pensieri di Adone. Adone si vergognò accarezzandosi il barbone bianco. Non si vergognò a lungo. Decise di fare un salto in discoteca. Ma prima un beveraggio al bar Ariston. Si era appena seduto che captò il commento di una ragazzina che leccava un cono al pistacchio. Non c'è malizia nel mangiare un cono al pistacchio. C'è malizia in chi, guardandoti, vorrebbe mangiare te.

La fanciulla aveva detto: «Guarda quello, sembra Babbo Natale».

Adone si era girato per controllare la situazione.

Poi aveva realizzato che Babbo Natale era lui:

«Babbo Natale a Ferragosto. Sono fuori stagione. Tra un po' sarò anche fuori secolo. Domani, giuro, mi taglio la barba».

La giovane donna gli si avvicinò chiedendogli: «Mi fa accendere?».

Era bella. Una trentenne di prepotente bellezza. Abbronzata. Labbra rosa. Treccine afro.

«Mi spiace, non fumo più dal '46.»

La fata sorrise. Si chiamava Tamara ed era cattolichina.

«Posso offrirle da bere?» osò Adone.

«Un margarita alla fragola.»

«Come le sue labbra» riosò Adone.

Per se ordinò una birra.

«Non preferisce un margarita?» lo tentò Tamara.

«No. Chi beve birra campa cent'anni."

Finirono a cena da Giovanni al Roma. C'era la musica.

«*Margherita* di Cocciante dopo un margarita» chiese Tamara al pianista.

Margherita per Tamara era vecchia. Per Adone un'assoluta novità: «Per me è vecchia solo *Va' Pensiero*».

Tamara gli raccontò il reader's digest della propria vita: "Sono separata. Ho un bambino di sei anni. Lo cura mia madre. Non è che io abbia scarso istinto materno, ma di faccia è sputato suo padre. Troppi ricordi. E tu?".

Era passata al tu. Adone le raccontò qualcosa di sé che gli faceva sempre fare bella figura: bugie, naturalmente.

Dopo cena trasferirono il loro provvisorio idillio alla Baia Imperiale, la megadiscoteca di Gabicce Mare col personale in abiti da antichi romani. A un tavolino stavolta Adone le raccontò delle verità.

Tamara lo interruppe: «Che barba!». «Ti annoio?» si preoccupò Adone.

«Ma no. Parlavo della tua barba. Stai benissimo. Sembri il Dio dell'Antico Testamento nei momenti di buona. Alla prima comunione mi hanno regalato una Bibbia e in un'illustrazione c'era Dio identico a te. O forse era Mosè?!»

Cattolica è cattolica e pagana.

Il duello per Olghina

«Dove sei alloggiato?»

«Al Napoleon, in Via Carducci.»

«Matrimoniale o singola?»

«Matrimoniale: sono alto uno e novanta.»

Finirono al Napoleon. Adone strapazzò il portiere di notte che voleva i documenti della signora.

Una volta in stanza, Adone guardò Tamara: «Potrei essere tuo nonno».

«Certo. Solo che non sei mio nonno.»

Si amarono. Facevano centoventi anni in due. Età media sessanta.

"Le statistiche sono proprio una puzzonata" pensò Adone. E lì, all'improvviso, gli tornò la memoria.

«Tamara, sai perché sono qui?»

«Mhm.»

«Devo uccidere un uomo. Ora so perché. Ci siamo conosciuti nel '21, Olghina, Egidio e io. Olghina era bellissima. Una proprietaria terriera di Forlì. Un donnino di un metro e cinquanta col carattere di un paracadutista. Sia io che Egidio amavamo Olghina. Lei civettava con tutti e due. Uno dei due era povero. L'altro ricco. Non ricordo chi. Olghina ci teneva sulle spine. Sul filo del rasoio. Non concedeva niente di sé. La riempivamo di regali che lei ci restituiva. Solo che a me restituiva i regali di Egidio e a Egidio rispediva i miei. «Tanto per cambiare» si giustificava.

Dopo i primi dieci anni trascorsi così, sfidai Egidio a duello. Ci sfidammo con una coppia di pistole Le Page. Il meccanismo di accensione era a pietra focaia. Già antiche allora ma molto romantiche. Olghina intervenne. Interruppe il duello dicendo che ci voleva tutti e due vivi. Per ammazzarci avremmo dovuto aspettare la sua morte. Era un tipo longevo. Io ed Egidio militammo sempre su fronti opposti. Durante la guerra di Spagna uno di noi stava con Franco, l'altro con Hemingway. Non ricordo chi. Uno di noi fu partigiano. L'altro nella Repubblica di Salò. E non chiedermi chi.»

«E chi te lo chiede?» interruppe Tamara assonnata.

«Be', per fartela breve, Olghina per noi rinunciò a sposarsi. Ma ci impedì di avere una vita senza di lei e di avere una morte per lei. Sono cambiate molte cose. Hai letto sul "Carlino" di quelli sulla Uno bianca che sparano ai nomadi e alle forze dell'ordine? Uccidono per niente. Noi avevamo il vantaggio di aver trovato un motivo per morire: i ricci ribelli di Olghina Fussi da Forlì. Invecchiando non migliorò. Man mano che la bellezza sciamava Olghina si incattiviva, auspicando un'illibatezza a tre. Un patto mai scritto che ci vedeva indissolubili. Le estati al mare, qui a Cattolica, in tre sulla battigia, noi che pendevamo dalle sue labbra mentre lei cantava: «Voi non la conoscete ha gli occhi belli / chi? / Eulalia Torricelli da Forlì…».

«Rifiutò persino un invito dal duce. Persino quello che di noi era fascista se ne rallegrò. Giravamo in tre. Egidio e io, alti un metro e novanta, e lei in mezzo, col suo metro e cinquanta di potere su di noi. Divenne povera, lei, una donna per cui il feudalesimo non era mai finito. Accettò la proposta di sposare un barone omosessuale purché, dopo il matrimonio non si vedessero più. Così divenne baronessa e pretese che noi "baronessa" la chiamassimo. Per pura civetteria. Era già nobil donna. La mantenemmo entrambi, il ricco e il povero di noi. Lei non l'ha mai saputo. Poi... poi ho un vuoto. È strano che mi ricordi solo di cose lontanissime o vicinissime. Quelle lontane e vicine forse non me le ricordo perché non mi appartengono più.

«Olghina un anno fa era molto malata. Siamo andati a trovarla. Non ci ha riconosciuto. Forse fingeva per civetteria. Egidio ha detto ad alta voce "Com'è diventata brutta" e lei è morta. Secondo me, lui l'ha uccisa. Eravamo finalmente liberi di ammazzarci. Ma abbiamo scelto di rispettare un anno di lutto. Domani mi aspetta al Cico Bar. Domani mi taglio la barba bianca, torno giovane e lo ammazzo. Ehi, Tamara mi ascolti?»

Tamara russava sul ritmo di *Romagna mia*.

Quando a Adone tornò in mente la nottata che aveva preceduto il suo Ferragosto, la volontà di uccidere Egidio si manifestò più violenta.

"Se lo ammazzo, almeno potrò ricordarla da solo."

Giovani madri e bambini tornavano dalla spiaggia. Romagnoli spacconi esageravano la notte trascorsa per prolungarla nella mitologia. Non erano vitelloni. Erano piuttosto tori, disposti ad affrontare per un bacio Tyrone Power e García Lorca a Las Cinco de La Tarde. Cattolica è una Plaza de Toros incruenta.

Un testimone di Geova, paludatissimo nonostante la calura, attaccò bottone pronosticando l'apocalisse. Adone toccò ferro. Si toccò qualcos'altro. No. Non che fosse un machista. Semplicemente, infilata nei calzoni sul davanti, portava una Ruger G.P. 100 Stainless 357 Magnum. Un revolver da tiro. Sei colpi da sparare a Egidio.

Il Cico Bar ormai era vicino. Al Cico Bar c'era Silvia, ventun anni, settanta meno di Adone. Con le cugine Maddalena e Roberta gestiva quel bar-ristorante che sarebbe diventato il suo Ok Corral. Silvia aveva reazioni meccaniche che diventavano poetiche: quando apriva la bocca in un sorriso, gli occhi le si strizzavano sino a diventare due fessure, da cui sarebbero schizzati fuori come diamanti azzurri lanciati da una catapulta. Valeva la pena di morire giusto per vedere Silvia.

Aveva sparato tante volte

Adone rallentò il passo. Non voleva arrivare in anticipo. Così vide la Uno bianca e i suoi occupanti. Stavano estraendo le armi. Che fossero gli stessi che a Bologna avevano sparato a zingari e poliziotti? Adone li studiò in una frazione di secondo. Erano feroci. Inutilmente feroci. E stavano per sparare. Adone aveva sparato un sacco di volte. Non ricordava più se a franchisti o a Hemingway. Estrasse la pistola col rischio di castrarsi. La cresta del cane era troppo piccola. Il peso dell'arma notevole. Prevenne i killer nello sparare. Scaricò sei colpi su quattro assassini.

Il publifono faceva dilagare a volume abnorme: «Un bambino di nome Kurt si è smarrito sui bagni Esedra», seguito da un immancabile Casadei in «Ti invita a far l'amore, l'amor senza pretese, evviva la Romagna, evviva il Sangiovese». Le Geco Metal Piercing a palla conica perforante 357 Magnum colpirono momentaneamente indisturbate.

Adone affrettò il passo. Si stava per presentare a un duello senza cartucce. L'ultima vera cartuccia se l'era sparata con Tamara. Ed Egidio era armato. Lo vide lì, appisolato a un tavolino all'aperto del Cico Bar. Brutto. Meno bello di lui. La Mamba calibro 7,65 Para spiccava nella fondina. Egidio dormiva come un bambino. Adone lo odiò di meno. Lo scosse per convincerlo a rimandare il duello in modo da farsi prestare una cartuccia. Se non ci fosse riuscito, si sarebbe lasciato ammazzare.

Adone, strattonandolo, si accorse che Egidio era morto. Di vecchiaia. Ormai non era più a Cattolica. Era in Paradiso. Il Paradiso di Rimini. Adone si sedette vicino a Egidio. Questa sera sarebbe andato a farsi una bevuta e una cantata al Bella Italia. Chiamò Silvia per una birra.

"Una birra?" chiese Silvia indaffarata.

"Già. Chi beve birra campa cent'anni."

E così siamo arrivati alla fine. Niente lacrimucce per favore. Non me le merito. L'ultima storia al tramonto parla dei cowboy. Cosa avrei potuto fare?

"Palle di Camoscio" è *un paio di mocassini.*
"Assone nella manica" ha incontrato la donna di picche.

"Dendrite con dente avvelenato" è soffocato l'altra notte, ingoiando la sua dentiera. Per contro "Sinapsi che attende di essere spiegata" aspetta un bambino. Un uomo dal manto nero mi ha annunciato che se non mi converto morirà dandolo alla luce.

Ma non ci credo.

Tra l'altro non è un gesuita, ma un testimone di Custer. C'è poco da fare comunque per lei. E inevitabilmente per lui che, anziché raccontare leggende intorno al fuoco, le vivrà.

Arrivo tardi alle feste: sono l'Ultimo dei Neuroni. Anzi. Il Penultimo dei Neuroni.

Indice

N006393

«L'ultimo dei Neuroni»
di Andrea G. Pinketts
Collezione Strade Blu

Arnoldo Mondadori Editore S.p.A.

Questo volume è stato impresso
nel mese di aprile dell'anno 2005
presso Mondadori Printing S.p.A.
Stabilimento NSM - Cles (TN)

Stampato in Italia - Printed in Italy